少年哥伦布

欧美中小学通识启蒙读本

［苏］维塔里·瓦连季诺维奇·比安基/著　志晶/译

天津出版传媒集团

天津人民出版社

图书在版编目（CIP）数据

少年哥伦布/（苏）比安基著；志晶译. —天津：天津
人民出版社，2016.4（2018.6重印）

ISBN 978-7-201-10120-0

Ⅰ.①少…　Ⅱ.①比…　②志…　Ⅲ.①儿童文学—长
篇小说—苏联　Ⅳ.①I512.84

中国版本图书馆 CIP 数据核字（2016）第 023794 号

少年哥伦布
SHAONIAN GELUNBU

出　　版	天津人民出版社
出 版 人	黄　沛
地　　址	天津市和平区西康路35号康岳大厦
邮政编码	300051
邮购电话	（022）23332469
网　　址	http://www.tjrmcbs.com
电子邮箱	tjrmcbs@126.com

责任编辑	陈　烨
策划编辑	张　历
装帧设计	平　平

制版印刷	北京凯达印务有限公司
经　　销	新华书店
开　　本	900×1270毫米　1/32
印　　张	8
字　　数	100千字
版次印次	2016年4月第1版　2018年6月第2次印刷
定　　价	32.80元

以自然为友，与万物为伴

不管怎样，天空还是那样广阔，海洋还是那样深邃，我们周围的世界还是那样到处充斥着未知的秘密。我将用毕生的精力去探求，因为探索未知世界是最有意义的事情！

——比安基

生活在现代社会中，所谓的"大自然"，对千千万万的青少年来说，真是太难得一见了。说一句"融入自然，与万物为伴"很容易，但又有多少人能真正实现呢？

能够亲身进入一片真正的森林，亲耳听见各种鸟鸣，亲眼看见各种小动物，亲手抚摸各种植物，亲历丰富多彩的自然奇观……这是多少人梦寐以求的愿望啊！

然而，有几个人能真正做到呢？有多少人还怀揣着一颗探索自然万物的好奇之心呢？还有多少孩子还保有纯净、懵懂而鲜活的大自然的梦呢?

如果暂时无法真正地亲近大自然,不妨通过阅读经典名著,在想象中走进大森林,走入荒野,走入星空……

通过阅读,去亲近自然和宇宙,感受四季的变换,倾听草木的呼吸,探索浩瀚的外太空……

出于这样的考虑,我们出版了"欧洲中小学最佳课外读本""欧美中小学通识启蒙读本""美国中小学通识启蒙读本"等系列图书,以期为广大青少年读者拓宽视野、培养人文和科学意识,提供有益的帮助。

其中,"欧洲中小学通识启蒙读本"系列先期推出的图书,包括《少年哥伦布》《少年探险家》《少年鲁滨孙》三本。本系列图书曾缔造了惊人的销售记录,具有广泛、深远的社会影响,多年来广受赞誉,入选欧美多地中小学课外阅读书目。

这是一套趣味横生的课外读物,更是寓教于乐的探索大自然之作。三位作者维·比安基、康·齐奥尔科夫斯基、凯瑟琳·帕尔·特雷尔,均为世界知名的科普、文学名家。

他们将深邃厚重的命题隐藏于优美抒情的文字中娓娓道来,令小读者在不自觉间感受到关怀自然就是造福自身的道理。

三本书的具体内容各有不同,但却同样生动、美妙、趣意盎然，足以挑起任何人的好奇心和求知欲。同时，情节严谨，笔触真挚，充满对人类、对地球、对宇宙万物的关爱。

三位作者都是写故事的高手，在他们的笔下，世界是如此广阔，万物又是如此神奇，热爱野外探险的孩子们是如此单纯、热情，充满活力！在普及科学知识之余，这套书无疑能真正唤起孩子们对自然科学知识的兴趣和热情。

目 录 ⭐

1

第一个月
少年哥伦布学会成立

2

第二个月
新大陆

3

第三个月
出发去探险

4

第四个月
继续做试验

附录：
"新大陆"奇闻逸事录

1

第一个月

少年哥伦布学会成立

少年哥伦布学会成立

春分前一天的晚上，风雪交加。狂风打着呼哨在小巷里穿梭，将一簇簇湿漉漉的雪团抛洒在玻璃窗上。行人们将自己包裹得严严实实的，顶着潮气扑面的寒风低头疾走。

天色已近黄昏。

此时，《森林报》编辑部的房间里温暖如春。在它的窗口悬挂着一只鸟笼，笼里的黄色小鸟身段苗条，正放开喉咙高声歌唱。它发出一长串婉转动听的颤音，对走进屋的少年森林通讯员们表示欢迎，好像在等待他们走到鸟笼前还它自由。

这天，少年森林生物学家小组的组员们——都是高年级生，在《森林报》编辑部聚会。他们中有五个男孩，五个女孩，一个指导员，共十一人。一番热烈讨论后，他们郑重宣布："少年哥伦布学会"成立。

"少年哥伦布学会"这个名字，是孩子们自己想出来的。

为什么称作"学会"呢？因为这是一种在课外时间自愿参加

的活动；为什么是"少年哥伦布"呢？因为这个学会的会员，都是发现新大陆的人，或者是想成为发现新大陆的人。

有人问，俄罗斯的国土早已被开发完了，所有的一切都早已被前人研究透了，怎么可能还会有发现新大陆的人呢？

"不，这样说是不对的！"少年哥伦布们一起大声反驳，"要明白，重要的是谁，为了谁而发现，而不是被发现的东西。"

"比如，哥伦布发现了美洲。他是意大利人，却为西班牙效劳。作为旧世界的居民，他为自己的旧世界发现了美洲这个新世界。但是，这个新世界对美洲的原住民——印第安人来说，始终是旧世界，即便哥伦布发现了它，也丝毫没有使它焕然一新。相反，我们的旧世界，那时倒是一个他们完全不知道的新世界。

"有一种人枯燥乏味、墨守成规——一切新事物对于他们来说都是旧的。我们可不是这样的，一切旧事物对于我们来说都是新的。并且，我们的国家地大物博，即使发现的事物再多，也不会是全部。如果说，国民已经看腻了我们的国土，在他们一成不变的眼睛里，我们的国土已司空见惯，所以也就好像变得没意思了；然而，在我们纯净、锐利的眼睛里，在我们勇于探索的智慧面前，它仍是一个非常新鲜、美妙而神秘的世界。这世界的一切对于我们来说都是崭新的，妙不可言的，到处都是秘密。所以说，我们是国土上真正的哥伦布！

"我们为什么不叫自己'少年自然科学家',而是叫'少年森林生物学家'呢？接下来我们会解释一下。

"非常简单！你随便到哪个少年自然科学小组的活动场所去看看，都会在那里看见各种各样的笼子、鱼缸、匣子、花盆，里面关着鸟儿，养着种类繁多的小兽，装着壁虎和蛇，盛着鱼儿，关着昆虫，栽着花卉，甚至还有一间间温室，里面种满了蔬菜。少年自然科学家们成了少年农艺师、少年家畜饲养员和少年园艺家，他们照料动物，用植物做米丘林试验，培育出个头非常大的蔬菜和水果，在生物角、特设的实验室、菜园和果园里干活儿。

"这些事情都非常有趣，既有益，又能造福人类。不过，这只是工作的一部分。还有一部分科学研究，或野外勘察，是在野外各种自然条件下进行的——而不是对笼子里的，也不是对实验室里的——对野生动植物进行清点和深入研究。

"我们的小组直属《森林报》，所以，在森林里工作——用锐利的眼睛观察动植物在自然环境中是怎样生活的，研究森林里的荒野世界——是我们的主要任务。

"因此说，我们是探险家，是研究者，是少年森林生物学家。"

考察"新大陆"的计划

在学会成立后的第一次大会上，大家做出了一个决定：在学校放假后，会员们全员出发，去"熊角落"（一个自然观察站），用科学观点和艺术观点（在会员里，还有一位诗人和一位女画家呢）对它进行一番详细地考察。

会议还决定，下一次开会时，在地图上选择一个目标，并拟定一个详细的考察计划。以后不管有什么新发现，大家都要随时写成报道，并寄给《森林报》编辑部。

一想到即将到来的旅行，这些刚刚成立的少年哥伦布学会的会员们就不由自主地狂喜起来，觉得必须马上派人去买棒冰，再顺便吃些茶点。

长着淡黄色头发的米萝奇卡主动提出去买棒冰，活泼热情的沃洛嘉心甘情愿陪她去。只是，在这样的暴风雪天气里，想要在街道上找到卖棒冰的是非常不容易的呀！

电炉上的茶水已经烧开了，蕾茉奇卡的人缘很好，朵兰就像水银一样好动，良烈奇卡胖乎乎的，天天沉浸在幻想中，他们三人在编辑部的桌子上摆好了砂糖罐、玻璃杯和小茶碟。

猎人尼古拉为人热情坦诚，他正在跟大山一样镇定的大力士安德烈争论着哪儿才是列宁格勒（即今天的圣彼得堡）附近最好的"熊角落"，两人一齐去找刚选出来的学会会长，也就是原少年森林生物学家小组长评理。可是，派去买棒冰的人还没有回来。

爱吃糖果的胖子巴甫鲁沙偷偷地打起了瞌睡；施拉甫米尔这个小诗人已经写了一首五行诗；干练利落的女画家茜格丽德给每人画了一幅速写像——米萝奇卡和沃洛嘉此时才跑进屋来，两个小姑娘的脸蛋儿冻得通红。于是，"宴会"开始了。

大家一起站起来。施拉甫米尔，这个火红色头发的小诗人朗诵了他刚创作的五行诗：

哥伦布万岁！

新世界万岁！

向他致敬！

像他一般敏锐的眼睛和智慧，

伙伴们要保留到一百岁！

接下来，大家互相表示祝贺，开始从小木棒上啃那冻得硬邦邦的棒冰，就着热茶一起往肚子里咽。

就这样，少年哥伦布学会成立后的第一次大会热热闹闹地结束了。

2

第二个月

新大陆

确定勘察范围

少年哥伦布学会第二次开会的时候，小组长带来了一张诺甫戈罗德省的详细地图，他指着地图上的雷索沃村给大伙看。他提议，选这个地方做勘察基地，或者说科考据点，因为他在那儿住过一个夏天。少年哥伦布们也可以住在那儿，从那儿开始进行科学和艺术研究工作。

"这里有一个圆规，"他说，"我将圆规的一只脚戳在代表雷索沃村的点上，将另外一只脚拉开3度，也就是3千米，画一个圆。我认为，我们完全不知道这个半径3千米的圆形区域范围内的情况。这地方就是个新世界——是我们要去发现的'美洲'！"

在这个圆形范围内，分布着：

1. 一片生长得非常茂盛的针叶树林——松树林；

2. 一小片真正的密林——混合树林，和瓦斯聂佐夫画的那张"伊凡王子和玛丽亚公主骑在灰狼背上"的画一样；

3. 乌金卡河的一小段，这条河的一边岸很低，另一边岸陡峭，——每到春天，这里就会被泛滥的河水淹没；

4. 一小片草场；

5. 小块的田地，像诺甫戈罗德省的其他地方一样；

6. 一小片潮湿的丛林和一个很有意思的湖——深渊湖，这个湖不是很大，水也不深，可是湖里有许多岛，岛上树木丛生。

他刚介绍完，少年哥伦布们就开始热烈地讨论起来，应该给他们将要去发现、用科学观点和艺术观点去研究的那块地区——他们的'美洲'，取个什么名字呢？

"我想把它叫作……"安德烈拉长声音出神地说，"H. 3.。"

"真是可笑！"尼古拉扑哧一下笑出了声，"'H. 3.'的含义是军事术语'不能动用的储存物'，我们怎么啦——根本不准备碰这个地方吗？"

女画家茜格丽德用挖苦的口吻插嘴说："或许安德烈是想叫它新西兰岛吧？"

"不对，肯定是'不寻常的谜'。"蕾茉奇卡为安德烈辩护道。

"你们说的都不对！"安德烈手一挥，"'H. 3.'的意思是'新大陆'，或是'没人知道的大陆'。"

"好呀！有道理！"小组长说，"只是，我们还得稍微修改一下，将字母倒个个儿，叫它'э.H.'，你们同意吗？"

"同意！"少年哥伦布们异口同声地回答。

接下来，大家马上开始讨论：应该从各个方面对"新大陆"进行考察，将那里的秘密，以及未解之谜一一探明。要想达到这个目的，首先得列个名单，将当地的"野生居民"情况详细记录下来。也就是说，记下那儿有些什么植物、动物。

小组里正好有熟悉当地情况的专家。于是，根据每个人的特长，组成了四个勘察队。

蕾茉奇卡、安德烈、猎人尼古拉和米萝奇卡，组成鸟类勘察队，主要研究飞禽；

良烈奇卡和猎人符拉基米尔（沃洛嘉），组成兽类勘察队，主要研究走兽；

巴甫立克和朵兰组成了植物勘察队，主要研究树木；

女画家茜格丽德和诗人施拉甫卡组成了诗艺勘察队，或者说艺术勘察队。诗人答应大家，在这个夏天创作整整一小本诗，这本诗集就取名为"新大陆"。女画家答应为诗集画插图。

狐步走、学鸟语

猎人尼古拉和沃洛嘉提出一个建议："我们研究鸟兽的人占多数，因此，我们都应该先进行一番训练，以免把森林里所有的鸟兽都吓跑。首先，我们得学会'福克斯·特罗特'。"[1]

"这可新鲜！"蕾茉奇卡首先提出抗议，别的女孩子也附和，"我们可不想学那些美国舞，包括各式各样奇怪的舞蹈！"

"不是这样的！"沃洛嘉赶忙解释，"我说的不是那回事儿！'福克斯·特罗特'，就是'狐步舞'。学会狐步走，就是学会悄无声息地在森林里走路，学会高高地抬脚，瞅准地方再放下，学会不做任何多余的、剧烈的动作，学会在一个地方停住不动——总之，就是要学会像狐狸一样行动。不这样的话，森林里的动物就会躲的躲、藏的藏，到时咱们既瞧不见飞禽，也看不见走兽。第二件事，是得学会说鸟语，因为在森林里我们既不能吵吵嚷嚷，

---

1 指一种交际舞。

也不能大喊大叫！现在，我就展示一下我和尼古拉在树林里打猎时用的鸟语，供大家参考。听着！"

沃洛嘉开始吹口哨——忽而短，忽而长，他边吹边说明，哪一种声音是哪一种鸟的鸟语。

他说："比如说，我们现在走在森林里，彼此有一段距离——我要说一句行话：咱们在用散兵的方式对森林进行搜索，彼此之间要保持联络，以免走失。这需要你连续不断地吹口哨，和周围的人打招呼。口哨的音调是：'喊－唔！喊－唔！'意思是：'来了！来了……'"

女孩子们变成了音符

"忽然，我们中的一个人发现了一个目标，这时得通知其他人停下脚步，让大家都站着不动，免得吓跑那东西。得好好研究一下，是什么藏在前面。这时候，就模仿鸭的叫声发出'停止前进'的信号，吹起低低的、时断时续的口哨：'特呜喊'。"

"在这种情况下，你们如果想知道为何发出'特呜喊'的信号？为何要停下来？就用碛鸟的声音问：'喊－唔－喊－唔呜？喊－唔－喊－唔呜'，这种口哨，听起来真像一句问话。"

"回答——假如是野兽，口哨吹低音的，轻轻吹一声，就像这样的声音：'呜呜喊！呜喊－呜喊－呜呜喊……'"

"假如是飞鸟，口哨吹高音的：'唔喊－依喊－依喊－依喊……'"

"假如是人，口哨就吹拉长的，声音就像从下向上扬似的——下面一声是：'富呜……'，上面一声是：'丽特！'这是麻鹬的叫声：'富呜－丽特！富呜－丽特！'"

"最后一个信号——如果想让旁边的人过来，就模仿金莺那横

笛般的尖叫声：'菲呜－丽呜！菲呜－丽呜'

"这就是关于鸟语的一整套学问。"沃洛嘉结束了他的授课。

"不，等等！"尼古拉说，"我觉得，在森林里，有时也需要喊人的名字。但是，我们这些人的名字都非常长，应该把每人的名字都缩短到一个音节。对于鸟兽来说，一个元音字母代表的顶多是'注意'之类的警报。它们将耳朵竖起来仔细听，但并不逃走，也不飞走，而是等着那声音重复。因此，我们应将每个人的名字都缩短到一个音节。我们就这样互相称呼，以免在森林里需要彼此招呼的时候弄错。"

这个建议也被采纳了。于是，首先将大家的名字缩短了。安德烈变成安德，尼古拉变成柯尔克，沃洛嘉变成沃甫克，施拉甫米尔变成拉甫，巴甫立克变成巴甫！这一下，大伙儿全被逗乐了，因为巴甫立克是个慢性子，从没痛痛快快说出来一句话，遇事总是掂量来、掂量去，再慢吞吞地一个字一个字地往外挤，真能把人给活活急死。

该缩短女孩子的名字了，沃甫克突然大叫起来："朋友们！我第一个发现了美洲！你们这些女孩子的名字都变成音符了：朵兰变成了朵；蕾茉奇卡变成了莱；米萝奇卡变成了米。"

"我变成了良。"良烈奇卡接着说。

"我变成了茜。"女画家茜格丽德也认可了。

017

"好的，至于我们的小组长，我们还是给他两个音节吧！"安德提议道，"我们根据他和他父亲的名字来给他取名字，以示尊敬。就叫他达尔·亭吧，大家同意吗？"

于是，大家开始练习狐步走和说鸟语。

一下子，学会变成了一所小小的学校。

3

第三个月

出发去探险

熊角落

幸福的一天终于来到了，安德和莱——少年哥伦布学会中年纪最大的两个人，率领少年哥伦布学会全体会员上了火车。

找到位置后，他们每个人都把塞得鼓鼓的背囊从自己身上卸下。柯尔克和沃甫克还各带了一支猎枪。这就是他们全部的行装。

火车开了一夜，第二天早晨，少年哥伦布们洗漱完后，就唱起他们快活的会歌：

我们前进，前进，前进！

走向遥远的地方。

他们欢快地一路唱着，唱着，火车终于到达了针叶站，少年哥伦布们下了火车。

他们拿着地图查了一会儿，又向当地居民打听到了去雷索沃村的道路，然后高高兴兴地沿那条路大步走去。

要知道，这是一次足有25千米的长途旅行呢！他们在前15

千米走得比较快，还边走边唱。早晨，空气清新，他们在针叶林中簌簌穿行。有两次，树木向两边让开，少年哥伦布们沿着桥筏——用圆木铺成的小径，走过早已长满青草的小湖。

还有一次，他们和一小队集体农庄的女庄员们偶遇。这些女庄员每人搞着一根棍子，棍子上挂着漂亮的衣裙和鞋子。原来，她们要在第二天赶去镇上过节，为了不弄脏衣服和鞋子，她们正光着脚往那儿走。

再往前走是田野和小溪，小溪旁有一座村庄。少年哥伦布们在这里休息了一小会儿，喝了又甜又香、浓得像乳脂似的牛奶。接下来的路就有些难走了，而且，在中午烈日当空的旷野里，人被晒得火辣辣的，但是却没有一个人叫苦。

第二个村庄沿道路两旁铺展开去，延伸了近一千米。在这儿，大家不得不又休息了一小会儿，因为胖子巴甫一屁股坐在井旁的板凳上，无论如何也不肯走了。

井边竖着个牌子，上面写着：

此处禁止饮马

"我不是马！"巴甫满腹牢骚，"我没有办法……一口气走100千米路……我得喝点儿井水……再休息一会儿……喝饱了……歇够了……我才能走。"

"依凡努希卡老兄[1]！"柯尔克尖刻地挖苦他说，"你可要小心点儿，喝了这水，别再变成一只羊！唉，看你胖的这个样子，也可能会变成另外一种动物。"

良是个软心肠的人，他将吊桶放下，帮巴甫从井里打出了一桶清凉的井水。巴甫喝够了，又坐在那儿休息了一会儿，少年哥伦布们这才又接着往前走。

过了这座村庄，又是树林，是大家在车站附近见到的那种混合林，而不是枞树林了。其中可以看到苍白的、古老的枞树，以及银色树干的白杨、高大的白桦树。不知道怎么回事儿，快乐、轻松的气氛不知不觉就沉寂下来了。他们可是到了"新大陆"的"要冲"哩！

在这儿，迎接他们的是达尔·亭。又过了一小会儿，疲惫的少年哥伦布们就走进了雷索沃村。达尔·亭将他们安顿在两栋小小的木屋里——一栋女孩子们住，一栋男孩子们住。

周围的环境宁静、怡人，这是让少年哥伦布们感到惊奇的第一件事。这种宁静对城里人来说是非常陌生的。电车的闹声、人群的嘈杂声一律听不到，没有飞机在头上嗡嗡响，也听不到远处电车的汽笛声。少年森林生物学家们觉得，他们是真的走到了一

1　俄罗斯民间故事里的人物。

个没有人知道、也没被人发现过的地方——这地方和他们居住的城市相距总有几千千米远吧！

远处，偶尔传来公鸡的喔喔啼叫和母牛的哞哞叫声，但一点儿也破坏不了这里的宁静。

"这是个真正的熊角落。"安德说，"对啦，告诉你们（只是，这话不应在女孩子的面前说），刚才在咱们来这儿的那条路上，在密林里，我看见一些被熊挖开的蚂蚁窠。"

女孩子们异口同声地说："我们才不怕什么熊呢！"

"这样很好，"达尔·亭说，"希望不久之后，就能让你们和这只破坏蚂蚁窠的熊相识。到时候，你们就会知道，根本用不着怕它。"

"当然，因为根本没什么可怕的，"沃甫克忍不住在女孩子们面前卖弄起他的博学，"因为这些挖蚂蚁窠的熊，个头儿都是很小的。"

达尔·亭看了他一眼，本想说什么，但终究没说出来。

第二天早晨，少年哥伦布们在达尔·亭的带领下，在"新大陆"领域内巡视了一圈。这就用了大半天的时间。这儿的每一寸土地都让他们喜欢得要命：潺潺流淌的小溪，一小块真正的密林，水平如镜的湖泊，湖上长满了树木的小岛屿，秋天播种的正茁壮成长的黑麦，一望无际的田地，高大、肃穆的松树林，树枝上跳来跳去的棕色的小松鼠……

拉甫沉思着说："看到这些匀称、挺拔的树干，我将这里想象成一个海洋港口，全世界的帆船都在这里聚集，船桅密密麻麻，像一片树林。"他当即作了一首小诗——据他自己说，这诗不押韵，所以，只能算是有旋律的句子：

船桅恰似树林，

针叶就是那绿色的船帆。

我看见，棕色小水手的大尾巴，

在帆桁上隐约闪现。

兽类勘察队员良笑眯眯地说："我在编写'新大陆'居民的名单的时候，第一个记下的就是你的棕色小水手。因为咱们在这儿看见的第一批哺乳动物就是它们！"

"对，只是这个居民的居住密度比较小。"研究飞禽的米插嘴说，"我们今天一早就记下了37种有翅膀、有羽毛的居民。不少吧！"

"这不算什么，我们的工作才刚开始，大头儿还在后面呢。看见我们，小土著们都躲起来了。只是，我们的肯定比你们的少。"

就在这时候，忽然传来一阵像金莺叫的鸟鸣声，女孩子们听到后就向达尔·亭走去。只见达尔·亭站在一棵大灌木后，正招手叫她们过去。

"我说过，让你们认识一下破坏蚂蚁窠的熊。"他故弄玄虚地低声说，"喏，你们看！"

米和良吓得差点儿叫出来。一只毛茸茸的大野兽正趴在前面一棵松树下，他旁边有一个很高的蚂蚁窠。他用两条后腿站了起来——这时，女孩子们终于看清楚了，这是个身材高大的老头儿，而不是什么野兽，他穿着一件翻毛羊皮短袄。

老头儿挺直了庞大的身躯，将手里的一根树枝扔掉，抖落爬到身上的蚂蚁，拎起地上一只装得满满的口袋，搁在背上。这样做的时候，他扭了一下头，那胡子拉碴的脸就展现在了女孩子们面前——简直就是画上森林妖精的脸！接下来，老头儿就蹒跚地向树林深处走去了。

"这是布列多夫老爷爷，他已经90岁了。"达尔·亭解释说，"这里的人都叫他布列德老爷爷。他以前是森林看守人，如今耳朵完全聋了，走起路来连脚也很难拖动。现在，他给自己想出一种工作：一天到晚拖着腿在树林里走来走去，寻找野蜜蜂（这是诺甫戈罗德人的一种古老的职业）和收集蚂蚁蛋。蚂蚁蛋也被乡村里的小孩称为'炸包子'。"

"那小蚂蚁怎么办呢？"良这个软心肠的家伙又担心起来。

"蚁后会产下新的蛋，受到破坏的蚁穴也很快会被工蚁修理好。布列德老爷爷在一个夏天里，从来也不会破坏同一个蚂蚁窠两次。"

　　傍晚，疲倦的少年哥伦布们在一个树木丛生的小山集合。他们给这座山取名草莓山，因为这座小山上开满了雪白的草莓花。

杜鹃的建议

一只杜鹃鸟飞来，落在一棵高大白杨的树枝上，就在他们头上，唱起动听的歌来。

"布——谷！布——谷！布——谷！布——谷！"它唱个不停，仿佛想祝福少年哥伦布们每人都活个一百岁似的。

"我认为，这家伙费这么大力气，是想让我们听明白它的一个主意。"达尔·亭笑了笑说，"雌杜鹃在雄杜鹃这样叫的时候，会偷偷地飞到别的鸟的鸟窠里去，暗中把一只鸟蛋叼出来，然后把自己的蛋下在原来那个鸟蛋所在的地方。只有在极少数情况下，鸟窠的主人才会把杜鹃蛋推出去。大多数时候，它会把这只蛋连同自己的蛋一起孵出来，然后，喂大这只贪嘴的小杜鹃。这主意真好呀！"

"这说明：一种鸟可以顺利地将另外一种鸟的雏鸟喂大。人出于自己的经济考虑，几乎不会利用这种方法，最多，也只是偶尔让母鹅孵化几只小吐绶鸡；要么，会让母鸡孵几只小鸭。比如说，出于某种原因，我们需要在这个地方繁殖某几种鸟，那么，我们就可以在野鸟窝里放上这些鸟的蛋，怎么样？杜鹃的这个主意，或者说——杜鹃的建议，帮我们打开了内容更加丰富的活动余地。"

莱一向什么都热烈响应，他接着达尔·亭的话说："第一，如果有一对鸟父母在还没把雏鸟孵出来时，就因意外死去了，就可以用这方法来挽救雏鸟。"

"第二，"性格安静、擅长冥想的安德对此想法也表示拥护，"可以从国外采购成箱的鸟蛋，什么加利福尼亚鹧鸪蛋，或者极乐鸟的蛋，用喷气式飞机运来，让这儿的鹧鸪或者松鸡来孵化雏鸟。"

"走吧！"性情急躁的柯尔克跳起来说。

"去哪儿呀？"其他的少年哥伦布惊讶地问他。

"放鸟蛋呀！我们要最大限度地去实现杜鹃的策略。"

"你这个人……可真是太……太机灵了！"巴甫慢吞吞地从地上站起来，懒洋洋地说。

换鸟蛋的实验

大家重新上路时，安德说："我们首先得弄清楚：随便什么种类的、差不多大小的鸟蛋，都能从一个鸟窠搬到另一个鸟窠里去吗？新鸟窠会收留它们吗……然后……"

然而，这时少年哥伦布们已一字排开，彼此相隔约五十步远，对道路和小河岸之间的灌木丛进行搜索。

他们一边走，一边模仿山雀的鸣声低声吹哨，招呼着彼此："喊－唔！莱！喊－唔！柯尔克！喊－唔！良！"跟着叫声随时整顿着队形。

一旦发现一只鸟从草丛或灌木丛里飞出来，少年哥伦布们就停下来，看看它在这儿有没有窠。

后来，只听见达尔·亭发出一个信号："特呜喊！特呜喊！特呜喊！"这是鸦的不连贯的哨声。他旁边的人都把这信号连续传了出去："停！"少年哥伦布们全都站住，仔细地倾听着。

接着，达尔·亭又模仿金莺的啼声，叫道："菲呜—丽呜！"

这信号连续传了开去:"菲呜-丽呜!""菲呜-丽呜!""菲呜-丽呜!"于是,所有的少年哥伦布都轻轻地迈着步子,聚拢到达尔·亭身边,只用了一分钟的时间。

"碛鸟在这儿有个巢。"达尔·亭用小棍子指指前面的一棵稠李树,低声说,"请你们依次走过去,每个人对它轻言细语几句。"

"为什么要这样做呀?"少年哥伦布们奇怪地低声问。

"或许我的想法是错误的,"达尔·亭轻声地说,"但是,我总是觉得,人的声音对鸟儿来说并不是一样的。粗暴、严厉、恶声恶气的说话声使它们害怕。当然,它们怕的是说话的声调,而不是说的内容。温和、动听、柔声细语的说话声,就像平稳的动作一样,让它们格外放心。"

"鸟儿可太明白人对它们抱着什么态度了。每一只动物都能感觉出人对它的爱护。鸟类(当然特别是鸣禽)非常敏感,而且富于音乐感,所以,声音对它们特别起作用。"

少年哥伦布们依次走到稠李树前,轻轻拨开树枝,看到一只有点儿像雌麻雀的小鸟,它正蹲在一只小巧的小稻草窠上。大家跟这只其貌不扬的浅褐色小鸟说了几句好话。

"我已经把它训练得不怕我了,"达尔·亭说,"每天我都到它跟前来,跟它说话。现在,它已经不太怕人了。"

恰好这时候,碛鸟忍不住从巢里飞出来,落在树枝上,露出巢里五个浅蓝色的小蛋。这些鸟蛋的较宽的一头上都有黑斑。但是，它并没飞走，而是留在这里，发出一连串轻柔的、因受到惊扰而不安的叫声，十分像受惊的金丝雀的叫声，好像在问："岂—依？岂—依？岂—依？"[1]

"自己人！自己人！我们不欺负你！"莱笑着回答，"你的蛋可真漂亮！"

少年哥伦布们在这一天四次打扰碛鸟的生活。莱是头一个，她将一个浅蓝色的蛋拿出来，再把柳莺的一个带红斑的小小的白色鸟蛋放在稻草窝里。碛鸟是在一旁亲眼看着她放的。

安德找到一个白颊鸟的窝，于是，将第二个浅蓝色的小蛋拿出来，放进去一个带棕色小点儿的肉色蛋。还有一个灰鸟的灰色蛋，是女画家茜送来的。

大个子柯尔克平时性情急躁，不过，此时他也万般小心地捧来一个绿色的鹡鸰鸟蛋，就像捧着小草叶上的露珠似的，小心翼翼地放到碛鸟的窠里。少年哥伦布们把这些脆弱的小蛋搬来搬去的，一个也没碰碎或压坏。

看着少年哥伦布们工作，达尔·亭心里非常高兴。现在的孩子对鸟类的态度，跟他上学的时候孩子们对鸟类的态度，是多么

---

1 俄文"什么人？什么人？什么人？"的意思。

不一样啊!

那时候，不知为什么，女孩子对鸟儿没有丝毫的兴趣；至于男孩子呀……咳！还不如让他们也没有兴趣吧！男孩子们能冷漠无情地将成千上万个鸟巢破坏掉！这种行为被他们称为"收集鸟蛋标本"!

有人收集邮票，有人收集鸟蛋。不过，邮票经过收集只会保存下来，脆弱蛋壳里的弱小生命却死去了。有生命的蛋黄和蛋白被收集鸟蛋标本的人清除出去——他们只想留下空蛋壳，一两年时间后，兴头过后，空蛋壳也就被随手扔进了垃圾桶。

如今，好不容易有少年哥伦布这样优秀的一代，替代了那无数个麻木不仁地残杀生命的一代人。少年哥伦布们命中注定要爱惜生命、保护生命，不断地发现生命的秘密。相比之下，从前的男孩子们大多都缺乏好奇心，熟视无睹地把这些秘密轻易地放过去了。

第二天，少年哥伦布们发现，碛鸟把别的鸟下的这些五颜六色的蛋全部收留下来，开始耐心地孵化它们，它真是个好母亲!

少年哥伦布们——无论是专门研究什么的——都对"杜鹃的策略"入了迷。大家都投入到寻找鸟巢，给小鸟蛋搬家的工作中。少年哥伦布们准备了一些厚本子，记下给小鸟蛋搬家的详细情况：谁、在什么时候、从什么地方把鸟蛋搬到了什么地方，后来结果如何。

没过多久，他们就弄明白了：有的鸟妈妈是值得信任的，它们是博爱的、能自我牺牲的母亲，可以把别的鸟下的蛋交给它们去孵；有的鸟妈妈恰好相反，它们无论如何也不接受别的鸟的蛋。

比如说，在一只灰鹟的巢里——一棵老松树干的浅洞里——搁了别的鸟蛋以后，它一连三次将那些蛋从自己巢里推出去了。第四天，它干脆连巢也不要了，尽管那里面还躺着它自己的四个蛋。

伯劳，这种鸣禽之中的小猛禽，满心欢喜地接受了别的鸟的蛋……只不过，它当时就把它们都吃下肚了。

不过，少年哥伦布们也并不是只实行杜鹃的建议：每人都记得自己研究的是什么，都在编"新大陆"的各种居民的名单。鸟类名单上的记录最多，森林土著的名单也在不断增加。

越来越胖、越变越懒的森林勘察队员巴甫，总是想偷懒少去林中活动，幸好有朵在"新大陆"四处奔走，不辞辛劳地对这块土地上所有的树木进行研究。有一回，她为了折一根柳树枝，还意外地穿着衣裳在河里洗了个澡——她对柳树非常感兴趣。

兽类的名单是增长得最慢的：世界上，四条腿的动物本来就不太多，而且也不会像不会动的树木，或好动的鸟类那样容易看到（鸟类正是因为它们好动的天性才引人注意的）。

　　早晨，少年哥伦布们很早就起来了，独自一个人，或两三人一组去一处。中午，吃午饭时大家聚到一起；稍稍休息后，又各自分开，到吃晚饭的时候再集合。

　　夏季，白天的时间长，他们可以做很多事情，特别是可以看到很多东西。少年森林生物学家们在每天专业的工作中，都会遇到一些突发事件，随处都可以发现莫名其妙的问题，简直没有时间进行讨论。他们开始有一个感觉，关于这个"新大陆"，他们知道得越多，也就更难以理解它。

　　爱好哲学的拉甫说起了俏皮话："咯！我们算是发现了美洲，可是总也发现不完。我们越往深里挖掘，就越能发现更多的奇迹。神奇的迷雾对于我们来说是越来越浓了。在我们的美洲，住在我们周围的都有些什么生物？什么生活在我们的下面？"

　　柯尔克对他的说法表示同意："就是嘛！咯，我们在编本地动物的名单时，对它们进行清点、登记。可是，这好像没有什么用处。对于我们来说，每一种——甚至不是每一种，而是每一只本地动物的生活都完全是意想不到的。关于它，我们都知道些什么呢？什么也不知道！是秘密。"

　　达尔·亭说："这样吧，我们把吃晚饭的时间提前一个钟头。吃完晚饭，马上到会议室集合。我们在那儿彼此交换一下意见，大家都说说自己一天里所看见的最有趣、最奇异，或者不了解的事物。不过，讲的时候要精确、简练，不然的话，时间就不够用了。"

"会议室"其实就是达尔·亭住的小房子。房子里的凳子不够坐，少年哥伦布们就坐在两张大兽皮上——一张是麋鹿皮，一张是熊皮。达尔·亭是在阿尔泰山上打到这麋鹿和熊的。夏天，他用皮当床铺，将旅行睡袋搁在毛皮上，就睡在睡袋里，有时用这张皮，有时用那张皮。

设立谈心室

少年哥伦布们将学会会长的小房子想象成轮船上的会议室——这只想象中的轮船，在他们的心里就仿佛是探险家旅行时所乘的航船。他们喜欢在这个小房子里聚会，大伙可以舒舒服服地坐在暖融融的兽皮上。

"我提两个建议，"沃甫克说，"第一，将达尔·亭的会议室改称为'谈心室'。第二，规定我们在谈心室里聚会的时候，举行讲故事比赛。"

"同意！"少年哥伦布们一齐嚷了起来，"达尔·亭的一项建议和沃甫克的两项建议我们都同意！"

"太好了！"达尔·亭说，"恐怕得发十个奖呢。因为所有人的观察都是非常有趣的呀！"

"今天咱们就聚会吧！"急性子的朵一听来了劲儿，"而且，要下大雨了！"

"是吗！"安德略带嘲讽地笑笑说，"朵可真有办法！你的天气预报是从天上的气象台收听到的吗？"

"你这个人呀！"朵鄙夷地撇撇嘴说，"还算是个鸟类学家呢！你难道没听到吗？梅花雀从今天大清早起，就在那几棵大白桦树上啼叫，像呜呜咽咽的哭泣声——它那是在预报要下雨了。"

"瞎说，这是迷信！"安德生气了，"这有人证明过吗？他这么说有什么用！有的人非要说，在下雨前，还有一种什么小鸟，老是悲切地叫：'皮奇[1]！皮奇！'——其实这只是柳莺焦躁地在它的巢旁叫唤罢了。我也提一个建议：在谈心室的集会上，将所有的、各种各样的迷信、偏见和陈腐的观念统统揭穿。"

"很对，"达尔·亭表示赞成，"我们每个人都有这些落伍的旧观念，因此，我们首先应该将我们自己身上的这些东西根除掉。根深蒂固的观念、习俗，不加分辨、僵化盲从的态度，都含有迷信的色彩。特别是关于未来天气变化的征兆，我们的认识都是来自我们的祖母和外祖母。"

"是啊！是啊！"安德一听高兴极了，洋洋得意地看看朵。

"你高兴得太早了，"达尔·亭打击他说，"我们还没对朵的说法进行讨论呢。晚饭后讨论。"

晚饭后，在谈心室里，米说："你们看，我们可以这样做，今

---

1 俄语"喝水"的意思。

天是星期日，以后，梅花雀每次那样悲凄地叫唤，我们都在笔记本里记下来，还要记下它们那样叫时是什么样的天气。到了下星期日，我们还是在这儿集会，大家根据实际情况来验证一下，这个征兆是否正确。"

除了巴甫，其他的少年哥伦布都表示同意。巴甫说他不记，因为他是个植物学家，没有义务去了解鸟类的鸣声。大家都没和他争辩。

后来，少年哥伦布们请他们的两位语言大师记下大家在谈心室里讲的所有奇闻逸事，经过加工后编成了一本书，插图就由女画家茜来画。

这两位语言大师就是诗人拉甫，还有立志做散文作家、并创作短篇小说的猎人柯尔克。每个人都有很多想向朋友们讲述的好玩的故事。于是，从这一天起，拉甫和柯尔克有了新的工作：记下大家在谈心室里讲的事情，编成小册子——用他们的话来说，这样做是为了"继承先辈和启发后代"。

《新大陆奇闻逸事录》——是他们给这本小册子取的名字。

直到年底，他们才实现了自己的诺言，因为，编辑这本小册子要做许多整理工作。

年轻的诗人

季节是明朗的，白天的时间很长。一个人在年轻的时候，做什么事情时间都是够用的。

在谈心室里讲完故事后，少年哥伦布们或者聚在一起打排球，或者往"老家"写信。如果天气好，女孩子们就坐在露台上晒太阳，直到睡觉的时候才回屋里。她们住的小房子有顶楼；男孩子们待在下面的土墙上。

有的人干自己的私事，有的人说笑话——欢声笑语一阵阵地从下向上飞来，又从上向下飞去。

拉甫在一首诗里记录了这样一个夜晚：

太阳掉到森林里，

月亮点起了烟斗。

野地里的小丘下，

兔儿正在酿啤酒。

蚊虫跳起圆柱舞，

明天是个好天气。

茜在房后画插图，

画上一片紫影沉。

柯尔克要去夜行军，

他的饭盒叮当响。

小村渐渐睡着了，

一只欧夜鹰在吟唱。

拉甫认真地倾听着集体农庄庄员们的谈话，记下他们的所见所闻。

"月亮点起了烟斗"，这一句的意思是云朵遮住了月亮。"兔儿酿啤酒"，说的是低地里升起的雾霭——以前的诺甫戈罗德人自己酿啤酒，在盛着乡间啤酒的大锅里放上烧得火热的石头，于是，从篝火中升起的烟雾弥漫整个峡谷。

拉甫也不知从哪儿看到这样一句话：如今，诺甫戈罗德方言是俄罗斯大地上最古老的方言。

蚊母鸟是一种黄昏后出现的鸟，这里的人管它叫欧夜鹰。

4

第四个月

继续做试验

总管妈妈

没过多久，鸟养母就在自己的巢里将别的鸟的雏鸟孵出来了。

自然，也会出现这种情况：将别的鸟的蛋放到鸟巢里后，鸟儿看到蛋不像自己的，就将它们推到巢外去。不过，如果已经从蛋壳里钻出一只小黄嘴的、软弱无助的雏鸟，它的模样就是再滑稽、再不像自己，鸟妈妈也不会歧视它，不会拒绝去照顾它。在其他鸟的鸟巢里出世的雏鸟饿了，大鸟就觅食喂养它们，也不管它们是别的鸟的孩子，还是自己的孩子。

往碛鸟巢里放蛋这项工作进行得非常顺利。有五只雏鸟被娇小的鸟养母孵了出来。后来，鸟养母就和红脑袋、红胸脯的英俊的雄鸟一起，辛勤地抚养孩子们。

每当这一对碛鸟夫妻飞回巢时，五个小鸟脑袋就扬起来迎接它们。小脑袋在细绳一样纤弱的脖子上摇摆，每个小脑袋上都有一撮绒毛，小眼睛还没有睁开。

其中，三只雏鸟的嘴是薄薄的，会吃昆虫，它们分别是鹡鸰、斑鹟、柳莺；两只雏鸟的嘴是厚的，会吃谷物，它们分别是碛鸟、梅花雀。

不过，鸟爸爸和鸟妈妈会给这五种不同的雏鸟喂食青虫和其他娇嫩可口的昆虫，所以，少年哥伦布们不用担心碛鸟巢里的各种雏鸟会有危险。

少年哥伦布们还把白鹡鸰——一种纤弱的小鸟的蛋和普通麻雀的蛋，从它们各自的巢里拿出来作了交换。鹡鸰的父母比一般麻雀的父母晚一些把小麻雀喂大，麻雀比一般鹡鸰早一些把小鹡鸰喂大。

待到雏鸟学会飞翔离开窝，越飞越远，鹡鸰的父母和麻雀的父母不费吹灰之力就将自己的孩子召唤到了自己窝里，因为双方的亲生父母都根据叫声认出了自己的孩子。

碛鸟这边也如出一辙。别的鸟的雏鸟被它喂到会飞以后，就都回到它们的亲生父母那里去了。它自己亲生的孩子留了下来，在别的鸟的窝里被哺育大的孩子也都飞了回来。这就证明了，碛鸟是个称职的好妈妈。

这也说明：在某些特殊情况下，在一种鸟的窝里放上另一种鸟的蛋，对于成鸟没有什么损害，对于雏鸟也是这样。

有的少年哥伦布选择亲自哺育雏鸟——他们直接将羽毛还没长齐的雏鸟从窝里掏出来，拿回家去抚养。

温和、严谨、耐心十足的莱，是女孩子里年龄最大的一个，大家推举她做全体雏鸟的总管妈妈。小鹞鸟、小红雀、顶着大脑袋的小伯劳、穿花衣裳的小啄木鸟，还有小猫头鹰——浑身上下像一团绒毛，却有猛禽的钩形嘴和凸眼睛……莱照管的这座雏鸟幼儿园里，真是什么鸟都有。

少年哥伦布们温柔地叫它们"鸟娃娃"。天刚蒙蒙亮，总管妈妈就被这些鸟娃娃饥饿的尖叫和喊声吵醒了；总管妈妈再将保姆们——其他的女孩子——叫醒，按时给所有的雏鸟投喂早餐。鸟娃娃们吃饱后，连小猫头鹰都不欺负它们的小同伴儿了。

少年哥伦布们从布列德老爷爷那儿买来了蚂蚁"炸包子"喂鸟雀，给小猫头鹰的则是小块儿的新鲜肉。

安德是唯一一个参加抚育雏鸟的艰难工作的男孩子，但这并不妨碍他去广泛地研究"新大陆"。安德用白桦树皮做了几个轻巧的小盒子，缝在腰带上，蚂蚁"炸包子"装在其中一只小盒子里，另外的小盒子装着鸟娃娃，若无其事地将它们带到树林里去。

一旦啾啾的叫声从小盒子里响起，安德就停下，随便找个树墩一坐，打开小盒子，用木头镊子夹了食物，塞进饥饿的小鸟大张着的嘴里，这常常使他落在同伴们的后面。

这时候，柯尔克和沃甫克两人在树林里乱跑，找鸟窝，放置小捕兽夹子捕捉地鼠，以及那些住在枯叶下、草丛里，人们很难看见的小啮齿动物。他们将一些很深的坛子埋在地里，坛口和地面平齐，然后在坛子里放上诱饵。不论做什么，拉甫都在他们一旁积极地给予热情帮助，可是，他有时却候忽间就不知去向了。

那些时候，他躲开所有的人，有时躺在林间空地茂盛的草丛里，有时躺在小河的陡岸上，用手撑着火热的脑袋，凝视那郁郁苍苍的森林深处，也凝视神秘的漩涡深处或深邃的天空——有看不见的船只在那里缓缓地行驶，云是鼓起的帆。在拉甫沉思幻想的瞳子前面，闪过各种各样童话中的形象。

森林中的女画家

等突然清醒过来时，他惊讶地发觉，天色已近黄昏了。他跳起来，跌跌撞撞地往木屋赶，口中还念念有词，按着节律挥着手臂。伙伴们看到他沉思的样子便马上明白，他肯定是在半路上作诗了，于是就缠着他让他把诗全部"抖落"出来，到他开始朗诵才停止。

每到这个时候，茜就连忙找来纸和彩色铅笔，雷厉风行地画素描，为拉甫所做的诗画插图。她白天画风景画，晚上就将拉甫的诗里的形象添加到风景画上。

她向女孩子们诉苦说："只画松树林里的松鼠的话，其实并不难，可是，他喜爱的那些主人公——种种自然现象——怎么画得出来呢？你们记不记得，一天，雨过天晴，他作了四句诗：

太阳急忙赶回来，

风，这个云端的清洁工，

将天空吹拂得一尘不染，

然后，躺下来呼呼睡大觉。"

米给她出主意："茜，那你就画个清洁工人吧。只是，不能画普通的清洁工人，画一个长着一把飘逸的大胡子的，真正的天上的清洁工吧。"

良帮腔说："也可以画他躺下睡大觉的样子呀！他在云彩上躺着，大扫帚都掉了。"

"比如说，他还写过一首描写小河边垂柳的诗：

河边好奇的垂柳，

长着无数尖细的长舌！

两岸，有数不清的秘密……

幸好，垂柳不是长舌妇。"

"还有另外一首描写风的诗：

睡莲在阳光下昏昏欲睡，

突然，刮起一阵微风——警报传来！

那睡意氲氲的水面上，

盾牌骤然树立——绿叶一片。

"还有一首

陡岸下忽然卷起一阵风，

涟漪一圈圈散开，

呼哨一声，

吓跑了红颈阿比鸟。

岸上，喜鹊跌了一跤，

蹿上天空——又逃下河，

一个猛子扎进浪里去，

呛了几口水不见影踪。"

"柯尔克一定要让我看看，阿比鸟长得是什么样儿，"茜说，"听说阿比鸟在我们这儿的湖里就有。喜鹊不算什么，在咱们周围，喜鹊多的是。可是，那个让涟漪一圈圈迭起，把手指头塞在嘴里打呼哨的风，可怎么画呢！"

"你就参照莎士比亚作品里的形象画吧……"莱提出了自己的建议，"李尔王对风说：'吹吧，风，吹吧！直吹到将两个脸蛋儿都胀破！'插图就是一个鼓起两个腮帮子的怪脸。"

就这样，少年哥伦布们都帮着女画家画插图，还时不时地提醒诗人，他的诗里还能加些什么形象——好像他们整个学会长着一个诗的灵魂似的。

只有巴甫没有这样做。朵带回来一大堆乔木和灌木枝叶，打这之后，巴甫索性不去树林里了，而是整天在压板下的纸里夹树叶，制作标本，搬来搬去的，并将一张张纸编上号码——总之，他从早到晚都在做自己那些活儿，他管这叫"整理标本"。

林荫树与小獾

有一天，其他少年哥伦布对巴甫进行了严厉的批评，说他们要用绳子把他捆起来，拉到树林里去。大老远地跑到这儿来，只是为了吃饭，老守着餐桌不站起来，那为什么还来呢？这时，巴甫竟发表了一通谬论，把大伙儿弄得哑口无言。

"你们……一天到晚忙得不可开交，累得……舌头伸得老长，可什么东西也没发现呀！"

"你难道发现了！"柯尔克轻蔑地打断了他的话，"即使你们那部分工作有什么新发现，那也不是你的贡献，而是朵的。你就是一块顽石，推不动，石头底下连水也流不过去。"

出乎其他少年哥伦布的意料，巴甫得意扬扬地说："才……才不是这样呢……流得过去的！我是实验室里的科学家，不是……那些个……树林里的野孩子。我在一个地方坐着不动……嘿嘿……做的事儿……也一定比活蹦乱跳的朵多。'林荫树'，你们听说过吗？啊哈！不说话了吧！谁也不知道，我翻遍了所有的手

052

册，哪儿都没有。没有这样一种树！这是我的独家发现！"

巴甫有些忘乎所以，连说话都不再慢吞吞的，也不结巴了。

"有意思，"朵感兴趣地说，"你是在哪儿看见这种树的呢？"

"这……那个……我没见过。我是听集体农庄的人说的，说是在米涅叶夫村。如果离得近一点儿，我就去看了，可惜离这儿太远了，听说有18千米呢！是从前的某个富翁不知从什么地方运来的，或许是从大洋洲，或许是从非洲。据说那树可高啦！含有大量的蜜，蜜蜂嗡嗡叫着绕着树转悠。那树可真是好呀，有供给上帝的食物——花蜜！"

胖子的意外发现给了大家深刻的印象，沃甫克想把这种印象冲淡："照你这么说，那不是当地的树喽！既然是从其他地方运来的，就不能算是当地植物。我们不能相信你的发现，除非我们亲眼看见那种树的树枝，哪怕是一根树枝。"

"这样就更有意思了，"巴甫看都没看他，斩钉截铁地回答，"听说这来自远方的'移民'到这儿后，就疯长起来，长得那样高——你想看看树顶在哪儿，一抬头，帽子就会落地。那可是百年老树啊！"

巴甫的意外发现让大家的心情都很激动，但这种心情第二天早上就消失了，因为沃甫克带回来一只小獾。

在树林里，沃甫克在集体农庄的孩子们的帮助下找到一个獾洞。獾洞有很多出入口。沃甫克特别有耐性，天还没亮，他就爬上一棵树，居高临下，盯着洞口望。他在树上待了好几个钟头，一直守到中午，肚子饿得咕咕直叫。

他刚想下来，却看到一只母獾从洞里探出头，东张西望一阵子，又消失了……

五分钟后，它用嘴叼着一只小獾钻出了洞。它来到小丘上的青草丛中的一块沙地上（那儿正是阳光充足的地方），将小獾放下后，掉转头又回到洞里去了。

沃甫克心想，肯定是叼第二只去了。

可是，他不等它回来，快速地溜下树，奔到小獾身旁，一把将小獾的后颈抓住，拔腿就跑！

沃甫克想将小獾送给米，但是米说，她的爸爸妈妈肯定不会让她在家里养这样一只小兽，所以她不要。这样一来，早晚得把它送给动物园，可到时相处的都有感情了……

这时，良却满怀期待地看着沃甫克，沃甫克就把小獾送给了她。

良特别高兴！起初，小家伙很认生，开始的那几天，良的手指头总是用绷带缠着。小獾稍微一顺心，它的小保姆就会尝到它那小牙齿的滋味儿。但是，坚强、勇敢而又富于耐心的良默默忍受了疼痛——这多么了不起！她把眼泪隐藏起来不让伙伴们看见，也不让她们看见她被咬伤的手指头！

比比希加和雏鸟

比比希加，是良给小獾取的名字。她没打过她的比比希加一下，连轻轻地一下都没有。

"比比希加的脾气会因强迫式教育而变坏的，"良解释道，"你们知道我的叔叔米沙吧，他在莫斯科住，还在四层楼上养了一只狐狸，《星火》杂志上还登过他的相片呢。他说，他要是当上教育部长，一定要让所有的幼儿园教师在教养孩子前先饲养一段时间小野兽。"

"他说，一般说来，孩子的性子都是相同的——不管是鸟的孩子，还是野兽的孩子。对待孩子得怀有爱，得有毅力，得坚持到底。那只狐狸被米沙叔叔教育得非常好（你们记得相片吗），狐狸是食肉动物，然而，果戈理大街上的小孩子们把手指头塞进它嘴里，拉它的舌头，它也不咬他们。"

真的，两三天以后，小獾不仅不再咬人了，还允许良抓它的鼻子，提它的后颈，让它伏在背上，甚至能将它抛向空中，跟它闹着玩。你看，小獾已经非常信任她了，没过多久，小家伙就变得对她依依不舍，像只小狗似的跟在她后面跑。

谈心室里的集会仍在继续进行。第一次集会一星期后，吃过晚饭，达尔·亭就带着少年哥伦布们向他住的小房子走去。走到跟前，他简直认不出那地方了——一条很宽的横幅挂在门廊上，布上写着几个大字，每个字差不多有70厘米（约一俄尺[1]）宽：

少年哥伦布学会

谈心室

一张彩色标语贴在屋子里，上面写着几个大字："埋葬偏见会"。

标语下面，画着几只不同颜色的手，一些脸——可怕却惹人发笑，戴着半截面具，就是强盗戴的那种，手正在往下扯面具。

达尔·亭两手一摊，表示不解其意。可是女画家茜立刻给他解释了一番，她正为自己的创作自豪呢！

"这种会议的目的是消除偏见。今天是星期日，我们大家都来念念自己关于梅花雀哭泣的记录。古老的观念认为，每逢变天以前，梅花雀就悲悲切切地鸣叫，我们今天就来质疑这个看法。你看，我连棺材都准备好了。"

茜在达尔·亭的桌子上铺了一张纸，纸上用黑墨画着一口棺材，棺材盖撂在一旁，背面写着："梅花雀悲悲切切地鸣叫——

1　一俄尺相当于0.711米。

天要下雨。"

结果，会上只读了柯尔克一人的记录。他的笔记里写着："这个星期只下了一场雨，下的时间非常短，可是，梅花雀每天都在悲悲切切地叫——早晨叫，中午叫，晚上也叫。"

其余的少年哥伦布们各自看了看自己的笔记本，也纷纷证实了柯尔克的记录。

这时，莱作为集会的女主席发言，她说："大家都明白了吧？在七天里，梅花雀有六天在晴朗的、阳光充足的天气情况下悲悲切切地鸣叫。这说明：它的这种叫声，不能作为阴天下雨的征兆。我们埋葬掉这迷信的说法吧！我们已经用统计的方法证明了这种说法的荒谬性。接下来，让我来给它送葬！"

朵站在达尔·亭背后，将小拳头举起，恫吓了一下安德。茜马上用墨笔将纸上打开的棺材盖涂黑了，并在棺材上补画了一个棺材盖，然后郑重其事地撕掉了画。

会议继续进行。

鸟儿筑巢的季节到这年的7月20日就结束了，几乎所有的鸟巢里都孵出了雏鸟。

有一天，米和莱忽然兴奋地从树林里跑了回来，争着报告说，在树林边的一棵灌木下，她们发现了一个松鸡窝，窝里有五个蛋。

莱惊讶地说："这是怎么回事儿呢？快到打猎的季节了，松树林里所有的野禽刚下完蛋，突然寒流来袭，蛋全被冻坏了。接下来还是这样，鸟儿们又下了一批蛋，蛋又都被冻坏了。这一定是这只松鸡第三次下的蛋。非常好，对于我们来说正合适——我们也可以在这件事上试验一下杜鹃鸟的建议。"

达尔·亭走到家禽栏，将一只抱窝的花母鸡从窝里搬出来，掏出一个蛋。莱和米跑到树林里去，拿出一个松鸡蛋，把这个白鸡蛋与黄褐色的松鸡蛋放到一起。

经检查，拿回来的松鸡蛋是个没有胚胎的无精卵。

米说："我好像听见已经有小鸡在我们那只花母鸡的蛋里唧唧地叫了！"

"是的，多有意思呀！"达尔·亭说，"结果会怎样谁也不知道，那个白色鸡蛋在松鸡巢里太显眼了。松鸡会不会收留它，还是个问题呢。"

"它肯定会丢弃掉这个巢的，"安德说，"全是无精卵，孵了半天什么也孵不出来，又有人放进去一个白颜色的怪蛋。松鸡父母肯定会吓一跳。"

这些对话是在吃晚饭时进行的。白天时，米、茜和柯尔克就去了湖边，但不知在哪儿耽搁了。

吃完晚饭，他们还没回来。天黑了，夜晚来临了。

然而，米、茜和柯尔克还是没有回来。

5

第五个月

寻找失踪的人

可怕的黑夜

屋外漆黑一片，只听见淅淅沥沥的雨声，少年哥伦布们谁也没睡。沃甫克非常着急，他像只被关在笼里的野兽，坐立不安，在房间里走来走去。他每隔一会儿就跑到外面，一路淋着雨，走到湖边去看看。

达尔·亭说："米、茜和柯尔克一定是留在深渊湖边的村庄里过夜了。"可是，沃甫克却总是翻来覆去地说："我觉得米一定出事儿了，遇到了什么危险。这湖不会这样平白无故地得名的，还是个这么不吉利的名字。"

当窗外渐渐露出曙光时，少年哥伦布们决定去寻找失踪的人。总管妈妈们留在家里喂雏鸟和小獾，其余的人一起出发，奔深渊湖畔的别列双克村而去。

雨停了，脚下都是水洼和稀泥——在黑漆漆的密林里尤其如此。他们决定让巴甫不紧不慢地顺着道路走，隔一会儿就喊几声。剩下的七个人排成一条长队，呈搜索队形穿过树林，时不时地吹

061

哨打招呼，以免走失。

沃甫克在密林里急急地向前走。于他而言，树木刚将路让开，想象力立刻描绘出一幅阴森森的景象。他简直想不出，他的朋友们会遇到什么事。

左右两边的人所发出的山雀的叫声不时地传来。突然，有个东西从他面前的灌木丛里扑扑地飞出来，逃走了，噼里啪啦地折断了很多树枝，吓了他一大跳！他当时没看清，后来才发现，这是雷鸟——我们森林里的大公鸡！

沃甫克觉得晨曦中的密林似乎更加神秘、可怖，到处潜伏着稀奇古怪的生物。

沃甫克忽然站住了：他好像听到前面有一种声音，既像是喊叫，又像是呻吟。但是，听不出声音是从哪儿传来的。沃甫克将耳朵竖起来仔细听。

又听见了！有人沙哑着喉咙喊叫，但是听不清喊的是什么："……里……人！这里……"

沃甫克顾不上自己面前有什么，拔腿就闯进了茂密的小云杉丛林。前面有个大坑，他根本没看清，两脚一味溜就跌下去了。

他可能摔昏了，有一分钟没有了知觉，所以，他也没能一下子弄清楚自己是在哪儿。随后，有一个人哑着嗓子在他耳边说："欢迎欢迎！沃甫克！我们等你很久了。请你像在家里一样随意，千万不要客气！"他听了，一时也没弄清楚是谁在说话。

"好家伙！"沃甫克骂道，"跟地狱一样黑漆漆的！"

哑嗓子的人又说："这儿本来就是地狱嘛！喏！还有死人骨头呐！"

沃甫克非常困难地转过头去——他的脖子很疼——看见自己身旁乱丢着些骨头，它们在黑暗里显得白花花的。柯尔克挺直身躯往前挪了挪。他把头转过来，说："这是什么地方呀……"这时他看见茜坐在他对面，米的头枕在她的膝盖上。

沃甫克跳起身来喊道："米怎么了？"

"没什么大不了的！"米自己回答，"摔坏了脚，没别的。"

"好啦，你喊一会儿吧！"柯尔克说，"我的嗓子已经喊破了！"

沃甫克这才想起别的少年哥伦布还在找他们，就扯开喉咙喊道："这儿，这儿！达尔·亭！安德！良！巴甫！"

两个女孩子也跟着他喊："小心点儿！这儿是个大坑！"

达尔·亭的声音在几分钟后传来："喂！坑里的人！你们去那儿做什么？你们怎么样呀？"

"我们在对地下的'美洲'大陆进行考察！"沃甫克乐呵呵地回答，"不过，米摔坏了脚。这个坑足有六米深。"

伙伴们费尽了力气，才从深坑里将几个倒霉蛋拖出来。大家一起想办法给米做了一副担架，让大力士安德和沃甫克把她抬了回去。

地下的"美洲"

到家后，柯尔克说："我们在湖上耽搁了一些时间，穿过树林的时候，天都快黑了。走在最前面的是米，她走到那个地方，忽然闷声闷气地嚷了起来。我跟在她后面跑过去，也掉在这该死的大坑里了。茜也跟在我们后头滑到坑底了——这纯粹是出于同志友爱的同情了吧！

"那个坑里非常黑，简直伸手不见五指！唉，等到眼睛适应了，我才总算看清楚了：两面都是过道。很显然——我们是掉进地下通道里了！通道通到哪里呢？我想去侦察一下。我弯着腰在通道里可以走动——可是，两个女孩子一个劲儿求我：'我们害怕，别走！'唉，想把可怜的米从该死的坑道里带出来，这是不可能的——这个坑非常深，四壁都是黏土，又很陡峭……也不能指望你们来救。大半夜的，你们去哪儿找我们呀？要想等到救兵，就只能等到天亮。就是天亮了，是否能找到我们，也不好说。

"于是，我们只好待在那儿。周遭黑漆漆的，没什么事儿可做，脑子里尽瞎想。我们一个劲儿想：这条地下通道是谁挖的╾为什么挖的呢╾茜说，肯定是战争时期的游击队员挖的，大概是为了躲避法西斯的搜查。米想起自己看过的一个童话：两个水鬼打赌，结果，一个水鬼将自己湖里的鱼全都输给了另外一个水鬼。为了弄回自己的鱼，他想法子挖了一条地下通道，将两座湖泊连了起来，然后，利用通道将鱼儿赶过去。

"她刚说完，忽然尖声叫起来：'哎呀！眼睛！……喏！喏！在那儿呢！'

"还真是！我也看见了。两只邪恶的眼睛在黑暗里凶光四射，我吓得起了一身鸡皮疙瘩。这两只眼睛先发出一阵绿光，又冒了一阵红光，然后就不见了。

"'水鬼在偷看我们！'茜战战兢兢地低声说。

"'住口！'我赶紧对她说。

"这时，那双眼睛又亮了起来。嗨，真可惜我没带枪！我首先想到这是一只狼。砰！放一枪，就什么都解决了！两个女孩子挤在我身边吓得浑身发抖——可我也没有办法。我们赤手空拳，无论什么野兽扑过来，都是没法打退的。那两只眼睛显然在盯着我们看。

"我灵机一动：'野兽害怕人声，那我就吓唬吓唬它！'我先低声知会了两个女孩子一声，然后大吼一声，像打雷似的：'哎嘿！哒，哒，哒！'两个女孩子也高声尖声叫起来，简直要把我给震聋了。"

"你打的雷声音有点儿哑哩！"茜说。

"你现在说有点儿哑，可是当那两只眼睛不见了的时候，你多高兴呀！"

"后来它又出来了呀！"茜有些不服气。

"可能它跑不了，"柯尔克又接着说，"或许通道不长，要不就是那一头是死路。"

"总之，我决定不喊了，换个方法：划火柴。只要眼睛一亮，我就——嚓！划一根火柴，朝它丢过去！好在是夏天，晚上的时间短。后来，好容易天有些亮了。接着，就听到了沃甫克的声音。米立即就听出了他的声音。"

茜证实了柯尔克说的全是真话，而且坦率地承认："好嘛！真是吓坏我们了！你们想一想，那凶光四射的眼睛一亮，我的心马上'扑通'往下一沉……"

因为大伙始终也没弄清楚躲在地下通道里的是什么野兽。安德、沃甫克和柯尔克想尽快将这个问题弄清楚，可是，大家都忙得四脚朝天，只能暂时撂下考察地下通道这件事。

野鸡

打猎的季节，在8月5日开始了。现在，沃甫克和柯尔克每天都能打回一只野禽，不是松鸡，就是野鸭或者丘鹬。少年哥伦布们对每一只野禽都进行了仔细研究。野禽身上的一切东西，甚至连一根羽毛都不放过——记下大小和重量，然后将肉炸着吃了。茜用窄纸条往野禽簿里粘贴上漂亮的羽毛。

少年哥伦布们有个规定很严格：如果出于科学研究或者为了填饱肚子，将美丽的生物杀死了，那就得留下一点儿纪念品。如果是比较珍贵的野禽，就将它的皮剥下来，塞进软木屑或棉花，制成栩栩如生的标本。

给松鸡和花母鸡换蛋的试验出结果了。女孩子们将一个鸡蛋放进松鸡巢里的第二天早晨，母松鸡就已经不在巢里了，巢里仅留下了几个凉凉的、黄褐色的、被遗弃的蛋，旁边散落着一些白色蛋壳。出壳后的小鸡跑去哪儿了？没人知道。

是不是野松鸡一气之下将小鸡啄死了呢？因为它自己的雏鸟

都没孵出来？因此，少年哥伦布们对剩下的四个松鸡蛋进行了检查，发现全是无精卵，和第一个蛋一样。

一天早晨，柯尔克从树林里回来时，忽然说："密林旁有一块种着燕麦的田地，根据露水的痕迹，我能看出，有松鸡在那儿待过——它们跑过时把燕麦上的露水都碰掉了。我沿着田边走，扑扑——果然，一只松鸡飞了起来。一只小松鸡跟在这只松鸡的后面，只有一只，不过样子挺难看：不是黄色的，浑身上下花不溜秋，还有条纹……我赶紧把枪放下了。这是怎么回事儿？

"松鸡已经飞远了，可是这只小怪鸡只飞了一小段路，就落在树枝上了！离地很低，离我不远，我不用望远镜都能看清楚——这是我们的花母鸡的孩子，一只小家鸡。太有意思了！

"这时候，母松鸡开始轻声细语地招呼它：'菲呜！菲呜！咯，咯，咯！'它一腾身，就飞走了。飞得还不错呢！几乎就是一只真正的小松鸡！你们看，养母都教会它飞了！它飞上另外一棵树，藏在树枝间，和我玩起了捉迷藏。嗨！它完全成了一只野鸡了；对于猎人来说，它是一只真正的野禽了！我听说，有的家鸡会变成野生的，不过，这还是头一次亲眼看见。你们知不知道，像我们这样，用换蛋的办法，可以培育出新品种的野鸡——改造后的家鸡！"

雨燕飞走了

柯尔克说这些话时，是吃早饭的时间。当时，少年哥伦布们正在一棵大云杉树下坐着。一到吃饭的时候，那些生活在大自然里，羽毛已经长齐的小鸟，就飞到他们跟前来，落在他们肩膀上，在桌子上蹦蹦跳跳地啄食着食物的碎屑。

比比希加——那只小獾，乖乖地坐在良的脚旁，等着别人从桌上给它拿点儿什么好吃的东西。

在这一带，最后一批雨燕每年都是在8月21日飞走的。达尔·亭在一个星期以前就通知少年哥伦布们，雨燕将在固定的日期飞走。如今，他们亲眼看见，这些迅捷的鸟儿正严格按照它们固定的行期起飞，虽然，它们没必要这么着急：苍蝇、蚊子等还在空中飞来飞去，这些鸟儿的食物还多得很呢。

靠捕捉苍蝇维生的还有家燕和蚊母鸟，它们都还没有飞走的打算呢！

9月1日就要开学了，少年哥伦布们也是时候该准备进城了。

一星期后，少年哥伦布学会就会搬回圣彼得堡。

全体少年哥伦布决定，临走的前一天，在深渊湖上聚会，大伙一整天都要在那儿的一个岛上度过。

6

第六个月

从草棚里往外看

舰队

对于少年哥伦布们来说，新大陆应该渐渐变成旧大陆，但实际上，新大陆却越来越奇怪，越来越神秘，这真是件奇怪的事儿。

给野鸟换蛋的工作，在少年哥伦布们面前，完全可能打开一个崭新的局面。从未知的土地迁来的移民——那棵神秘的林荫树，始终是个谜；巴甫这个慢性子直到现在都还没去采集那种树的叶子。米、茜和柯尔克意外跌入的地下通道也始终是个谜——这地下通道是什么人、在什么时间、因为什么挖掘的呢？

这几天，一些特别的野禽被猎人柯尔克和沃甫克带了回来，这些野禽不管怎样都不能算是新大陆的土著。

打猎季节一开始，柯尔克和沃甫克就用芦苇和树枝在深渊湖边搭了两个草棚；柯尔克住在湖湾的这一面，沃甫克住在湖湾的另一面。从黎明到吃午饭时，这两个少年森林生物学家带着他们的猎枪和望远镜，一直待在小草棚里。

有时，柯尔克还会多加一班——从中午守到日落。这两个猎人隐藏得很好，连鸟儿锐利的眼睛也没能察觉他们，所以，他们看到了很多有趣的事物。

一般，最先出现在岸上的，总是在树林里过夜的灰苍鹭。它的脖子长长的，长嘴像一把短剑，那圆圆的翅膀好像是用碎布缀成的。它慢吞吞地挥舞着那两扇翅膀潇洒降落，不慌不忙地伸直一双笔直的长腿着陆。它在岸边紧邻湖水的地方踱来踱去，潮湿的沙地上立刻出现一个个大脚印子，每个大脚印都有三个脚趾。

它仔细观察着岸边浅浅的湖水。只一瞬间，它就闪电般地将一只逃得慢些的蛤蟆啄住了。它朝天空一仰脖子，好像因为吃到了美味的食物，所以要向老天谢恩似的。眼看着这只可怜的蛤蟆乱蹬着腿脚消失在这只驼背大鸟的喉咙里。吃过食物，苍鹭继续踱着安详、均匀的方步沿湖岸往前走，它有时会径直走到躲在草棚里的猎人跟前，猎人用枪杆就能够到它。

小水鸭、肥硕的野鸭、有着淡蓝色翅膀的阔嘴野鸭和身段苗条的赤颈凫，也喜欢飞到这里，鸟儿们的翅膀上绿光闪烁，一个个以优美的姿势落在芦苇丛里。

黑水鸭的身体瘦小，从一丛芦苇钻进另一丛芦苇。鹞鹰慢慢地在高空飞过，仔细察看水面上有没有白肚皮朝天的鱼，岸上有没有死蛤蟆。两个少年森林生物学家的猎枪总是没有动静。不过，科学是需要牺牲的。

在夏天是很难看到鹬鸟的，它们偶尔会到湖边来，又细又长的腿儿不停地走动着，疏疏散散地落在岸边。突然，草棚里立刻冲出一道火光，发出一声枪响，一个有翅膀的旅客就留在了沙滩上——它原本要飞到遥远的地方去过冬的，如今却躺在那里，突然结束了旅程。

这时，正是鹬鸟成群飞过的时候，它们从苔原——位于诺沃捷梅尔斯克、阿尔汉格尔斯克和柯尔斯克，飞向热带非洲。现在，夏天时不易见到的长嘴鹬鸟、黑颈鹬鸟、红颈鹬鸟和浜鹬，少年森林生物学家们几乎每天都能观察到。

有一天，柯尔克从草棚里观察到一只他不认识的鸟。这只鸟的腿和嘴不太长，毛色驳杂，胸脯是黑色的。它正迈着小步往前走，仔细察看着水边的每一根小树枝和每一粒小石子的下面。在附近，从来没见过这种鸟的群落，这是一只孤零零的鸟。

柯尔克将它带回了家。

达尔·亭看到后惊叫起来，说："这是一只'翻石鸟'呀！它是生活在海边的，怎么会出现在大陆的内地呢？这个猎物真有趣，这简直是个小小的新发现！"

这种鸟怎么会飞到这里来呢？这真是个谜。

在荒岛上

少年哥伦布们快要回去时，也就是要到湖上去的前一天，大家为朵担心不已。

早晨，她走之前，没跟任何人说自己要到什么地方去，也没回来吃饭，午饭和晚饭都没回来吃。她会不会掉到地下通道里去了呢？少年哥伦布们正想去密林里寻找她，她却回来了。她只是告诉大家，她和女伴们去了一趟米涅也沃村，不过，她却不说在那里看见了什么东西。

第二天，天刚亮，少年哥伦布们就出发到湖上去，尽管从大清早起，晴雨表的度数就开始下降，但这对他们没有丝毫的妨碍。

他们集合后迅速穿过树林，划着从别列双克村向渔民借来的一只小船和两只小划子向小岛进发。小船是旗舰，柯尔克和沃甫克划着小划子在后面跟着。这种小划子是诺甫戈罗德一带湖区的特有物，是一种原始简陋的交通工具，还是石器时代遗留下来的。

这种小划子，是将两根白杨木凿成长木槽，用小木板钉到一起做成的。这种船非常笨重，走得比较慢——因为，在石器时代，人们也没有什么需要特别急着去做的事呀！然而，它却非常稳——你无论是在那上面钓鱼，还是往下跳，它都不会翻覆。

集体农庄的小庄员瓦尼亚特卡，是孩子们结识的新朋友，他乘一只小划子走在最前面，带领着整个"舰队"。这个模样挺滑稽的小胖子，今年春天刚升入六年级。这个湖对于他来说非常熟悉，他知道在哪儿可以捕到什么鱼。他自豪地带领这些城里人去看"他的湖"。少年哥伦布们叫他"老住户"，他感到非常得意。

过了一会儿，船停靠在一个荒无人烟的小岛。少年哥伦布们上了岸，仔细对这个岛进行了考察。整个岛只有400步长，最宽的地方也只有250步，所以，这并没用多长时间。只是，那儿居然有整整一窝松鸡——瓦尼亚特卡事先已经将这件事告诉他们了。

另外，岛上竟然生长着高耸入云的大松树，这使植物学家们感到十分惊讶。朵肯定地说，它们跟生长在美洲的巨杉树非常像，就如同两滴水一样像。

在这荒无人烟的岛上，少年哥伦布们马上觉得自己是土著人了。他们将自己装扮成印第安人：男孩子假装酋长，将松鸡毛装饰在头上；女孩子则是红皮肤的印第安女郎——这一点也不困难，因为经过一个夏天，她们已把皮肤晒得红红的。

天开始阴起来了，大家齐心合力，没用多长时间，就搭起了一座避雨用的尖顶草棚。

漂浮的美洲

瓦尼亚特卡是渔人的孩子，年纪小却老练，堪称经验丰富。他领导起大伙的打鱼"事业"——教酋长们怎样把鱼饵装在鱼钩上，告诉他们钓丝上的浮标和鱼钩应该离多远。

沃甫克不想钓鱼，他哼着自己编的歌儿（声音虽然不大，但勤勉的渔人们都能听见）：

一月、二月、三月、四月——

渔夫垂钓小傻瓜！

随后，他又跑去考察岛上都有哪些野兽。

他刚走了不到100步，就在地上发现几个新鲜的野兽脚印，看来，这家伙是从水里爬出来的，只是不知道是什么动物。湖里有很多水䶄[1]，但这肯定不是水䶄，也不可能是水貂，因为这脚印比水䶄的大，比水貂的小。

1　一种啮齿类水生动物。

脚印通向岛上生满荒草的小湖角。沃甫克怕那动物被自己吓跑，顺着脚印蹑手蹑脚地走过去。他走到小湖角上，突然觉得脚下的土地有些摇晃。

沃甫克想："是个泥塘呀！可别陷下去了！"

他刚往前走了几步，就听见草丛里窸窸窣窣地响了一阵，跟着，湖水稀里哗啦响起来，——一只褐色的动物从草丛里蹿到水里去了。沃甫克没来得及看清它，甚至没弄清楚它有多大。

他又往前迈了一步，发现水边草丛里有块一米见方的空地。上面丢弃着一些还没吃完的碎草茎，这应该就是那头小动物的小餐桌。因此可以知道，这是一只啮齿动物。它的个儿还算不小呢！这可以从它剩下的午餐看出来——大概和土拨鼠一样大。

沃甫克心想："这个地方听说没有这么大的水栖啮齿动物啊，它究竟是什么呢？该不是海狸吧？！"

他陷入沉思。突然，从聚过来的乌云方向袭来一阵狂风，他才清醒过来。而这时，他突然感到，脚下的土地摇晃了起来，就像乘坐木筏一样。他抬起头，只见岛上的大树像细草茎一般在摆动。旋风兜着圈子飞转着，将沙土和树枝砸到他脸上——他站立的那个湖角的一头，已经和岛分离，而且离岛越来越远。

"龙卷风！"沃甫克心想。他转身想跑上岸，可是，一棵矮灌木绊了他一下，他摔了一跤，跪在了地上。

　　沃甫克的胆子并不小，不过这时也吓得惊叫起来了。他不会游泳。听瓦尼亚特卡说，这湖"在近岸的地方，水还有底儿；再往前走，就深得没底儿了。总而言之，是个深渊"！

　　他脚下那块生长着荒草的土地非常奇怪，并不往水里沉，而是在他身下摇摇摆摆地漂动起来，就像童话里的飞毯一样。

　　"哦，天哪！"沃甫克突然想起来了，"这就是那个'浮岛'！"

　　集体农庄庄员久居此地，沃甫克早就听他们说过，在这个湖里有一种奇妙的东西，用山上的植物编结而成，像小岛一样。小岛能在水面上自由地漂来漂去，因为，这些植物的根并不攀住土地。除非风将它们推到岸边较长时间，那它们的根就会攀住土地，固定下来，变成泥塘。

　　少年哥伦布们听到这个消息的时候，都很感兴趣。集体农庄庄员们还说，有一天，一对水鸡在一座小岛的角上搭了个巢，可是，那个角突然离开了岛，在湖里漂流了起来。

　　将"浮岛"从岛旁刮开后，那阵强劲的旋风就停息下来了。湖水在它的余威下泛起了一阵阵的波浪。"浮岛"沿着岛岸漂流着，离岸越来越远，而且，摇晃得越来越厉害。

　　沃甫克不敢动，更不敢站起来——那块不稳固的土地在他身下，很有可能因为他的重压而碎裂。那时……想到这里，沃甫克吓得脑海里生出各种荒唐的想法。他想："唉！少年哥伦布来到了漂浮的美洲！唉！如果我像鸟儿一样会飞，像鱼儿一样会游，就好了……我今年秋天一定要在游泳池里学游泳。"这个决心一下，沃甫克心里好像轻松了一些。

不过，他的奇遇还在继续：他突然发现，水面出现了一朵浪花，两边的波纹向前推进——这是一个向前游着的动物的头在顶着。浪花迅速涌向"浮岛"，紧跟着，一只浑身湿淋淋的小兽爬上了"小餐桌"——这是一只真正的美洲种野兽。

沃甫克一眼就认出了它，这是麝鼠——美洲种的大水鼠，和俄罗斯种的相比，个头要大得多。

"这才是个新发现呢！"沃甫克想道，"一只美洲的动物，竟出现在俄罗斯内陆的湖心里！这里不管是谁，不管什么时候，也没培养过这种动物呀！不知道此地的老住户知不知道这件事？"

这个新发现让沃甫克得意忘形，将自己的处境也忘记了。他猛地站起来，向前跨了一步——结果，一只脚就踩在了水里，水深到膝盖。

"喂！沃甫克！"突然，从岛上传来兴奋的叫声，"'浮岛'上的人，你去哪儿呀？带上我们吧！向航海家沃甫克致敬！你从哪儿弄来一块会漂的土地呀？你在运什么动物呀？"

原来，沃甫克的"浮岛"慢慢地沿着岸漂着，已经绕过了湖角，现在，正好经过坐在岸边钓鱼的瓦尼亚特卡、安德、莱和巴甫。米在他们旁边站着。

沃甫克马上就不害怕了。为了不让伙伴们看出来他刚才吓成什么样子，他装作没事儿似的将脚从水里拿出来，双手一叉腰。他用轻蔑的口气说："啊哈！看着眼红，是吧？我不仅发现了美洲——漂浮的美洲！还有一个美洲居民呢！看见了吗？"

孩子们一喊，麝鼹马上从"浮岛"上往水里一跳，扑通一声就不见了。可是，所有钓鱼的人都已经看见它了。

沃甫克的两脚正越来越深地陷进那块草皮里，草皮眼看就要裂开了。小船就在旁边，莱和安德跳上去，划到"浮岛"跟前，及时地将沃甫克接了上去。

告别

这位身不由己的航海家，好不容易被平安地接到岸上，他发现的"漂浮的美洲"又靠向岸边了。乌云消散了，疯狂的旋风也跟着消失了，湖水迅速平静下来。少年哥伦布们仔细对"浮岛"进行了研究。游泳家安德甚至还脱掉衣裳，钻进水里，在底下对它进行了一番考察。原来，下面有许多密密层层地编结在一起的草根。

没过多久，太阳露出头来，在天空大放光明。大家的情绪明显好转，在岛上度过了非常愉快的一天。发现了"漂浮的美洲"的少年哥伦布，成为当天的主要英雄，当场就赢得了"海狼"的光荣称号。

女孩子们让拉甫写一首诗，歌颂这位英勇的海狼，但诗人拒绝了。他说："我从不写惊险诗。至于那个'浮岛'，我已经想出了几个关于它的押韵的句子：

旋风将浮岛吹到岸边；

动作敏捷的鹬鸟夫妻，

在灌木枝上做了个巢，

一窝小鸟破壳而出。

哪知，一阵旋风刮跑了浮岛，

在湖心漂呀漂！

可怜的鹬鸟父母啊，

日子真是太难熬，

每天冒险穿越水面，

只为猎食哺育雏鸟……

在回城之前，女孩子们一定要去"新大陆"各个遥远的角落走一趟，最后欣赏一次湖景，看看它那水平如镜的湖面，问候一下那葱郁的密林和空旷的田野，同亲爱的湍急的小溪道别。

7

第七个月

"新大陆"的来信

神秘的失踪

少年哥伦布们还来不及"回"到学校生活里去，就接到一封寄自"新大陆"的信。柯尔克是收信人，他将信拆开，读给学会的全体会员听：

亲爱的柯尔克！！！

你曾要求我，将我们这儿的事情都讲给你听。好吧，现在新闻来了：深渊湖，就是你们知道的那个湖泊，失踪了！前一天晚上还好好的呢，第二早上起来一看，湖没了，消失了！我赶着集体农庄的大车去拾柴火，路过我们乘船去过的那座岛，一瞧，全干了！

深渊湖的水干涸后，你能看到各种各样的鱼，可多啦！泥坑里满是鱼儿，孩子们就用手抓，我自己就抓了三桶。小鲈鱼、小梭鱼、圆腹鲦，别提有多少了。大鱼聪明，早就游走了，谁知道游到哪儿去了呢！

深渊湖已经整整失踪4天了，直至现在还没有恢复。

老人们说，眼看冬天就要到了，或许它根本不回来了。听说，雅姆纳亚小河和雅姆诺叶湖也失踪了，还有一些其他的小湖也是这样。

听说，所有的湖都受米涅也沃村后的那个湖——大湖卡拉波日亚湖——的指挥。据说，这个湖非常深。

除此之外，我们这儿暂时还没有其他的新闻。

向大家表示问候，向女孩子们表示问候。

我还是你们熟悉的那个当地的老住户瓦尼亚特卡。

我等待着你们的回信，就像黄莺等待夏天一样。

紧急任务

"这块大陆可真是奇妙！"莱把两手一摊，说道，"这是怎么回事儿呢——不久前，我们还在那个湖里划过船，老海狼还差点儿淹死在那儿——结果，一夜的时间，湖就失踪了，一下子就不见了，就好像它从来没出现过似的！现在，都可以在湖底上赶大车走了。它跑去哪儿了呢? 真是奇怪……"

萨嘉是最近加入学会的，他很有把握地说："我想呀——这里头肯定有秘密！最大的可能是太阳把湖水晒干了。换句话说，就是蒸发了。湖水蒸发了，变成云彩了，在天上失去了踪影。"

安德告诉他，湖水不会蒸发得这么快。何况，深渊湖是在半夜失踪的，太阳根本不会在半夜出来。

巴甫自以为是地说："我觉得，这是一种复杂的综合现象。明年夏天……哎哎……我们得全体……那个……不分组……去将它研究个明明白白。"

柯尔克急躁地说："为什么'明年夏天'再去呀！趁湖里没

水，得马上去对它进行仔细勘察。达尔·亭，请您替安德和沃甫克，替我们，向校长请三天假。落下的功课，以后我们自然要补上的。请您派我们去考察失踪的湖，去执行这项科学任务。四天后——第四天是星期日——秘密就可以揭晓了！"

达尔·亭同意替他们向校长请假，于是，少年哥伦布们第二天晚上就出发去执行紧急勘察任务了。拉甫也请了假和他们一起去。拉甫的故乡在楚索瓦雅河畔，他非常想看看，秋天诺甫戈罗德的森林和他故乡乌拉尔的森林是不是一个样。

"美洲地狱" 的秘密

少年哥伦布学会全体会员在秋分的前一天——9月20日——出发了，这次任务要解决的唯一一个问题，就是考察 "深渊湖为什么从'新大陆'上失踪了"。

安德是勘察队员中威信最高的一个，所以，从他开始报告。

"总的情况是这样的：我们看到，原来是深渊湖的地方，现在是一块凹地，呈浅碟子状，湖里的水确实干涸了，或者，用我们的话来说——失踪了。在这块干涸凹地的东部，我们发现了一个深坑，是个大水洼。那儿就是深渊，湖水就是顺着那个大窟窿流走的。我们立刻就知道，我们是在跟所谓的'喀斯特现象'打交道。"

"什么？什么？" 萨嘉赶紧问道，"什么现象？"

"你们希望我作科学报告，还是作普通报告？" 安德笑眯眯地问道。

"当然是科学报告啰，" 胖子巴甫矜持地说，"咱们也不是小孩儿！"

"好吧！"安德答应着，然后展开一张纸朗读起来，"'喀斯特现象，是具溶解能力的水溶液对可溶岩类的溶蚀过程，以及由此产生的地貌等现象的总称。这种现象表现在江湖干涸的表面与地形的形式、性质和地下水循环的特殊综合上。'这是《百科大辞典》里的解释，明白了吗？"

米说："我是小孩儿，我不明白。请你给我解释一下，不要说什么'特殊综合'。"

这时候，萨嘉一脸不高兴，他痛苦得前额和鼻子都皱了起来：他拼命想听懂，但却什么也听不懂。米关切地朝他使了个眼神儿。

物理定律

"我来说吧。"沃甫克马上自告奋勇,"直白地说,茜说的是对的。有些同学曾掉进过一个地道,并在里面过了一夜,这个地道是个水鬼挖的,是为了到另外一个水鬼家里去串门子。这个洞在深渊湖地下的石灰层里,和深水湖卡拉波日亚湖连通。深渊湖的水在卡拉波日亚湖的水落下去的时候,就顺着这个窟窿流到卡拉波日亚湖里去了。"

"你们还记不记得,物理学里的一个定律:连通器里的液面总保持在同一水平面上,不然,液体就会流动。这个定律就能解释这个现象。瞧,我特意画了一张示意图:这是深渊湖、雅姆诺叶湖,它们是好像碟子一样浅的小湖;这是卡拉波日亚湖,是好像碗一样深的湖。这几个湖是相通的,浅湖的水都流到深湖里去了。这下,大伙就都清楚了吧!萨嘉,现在你明白了吗?"

萨嘉正和米一起仔细看沃甫克的图,他说:"嗯,像早晨的天空一样明朗了!"女画家茜当场就用铅笔画了一幅画,上面有几只碟子和一只碗，一根橡皮管将它们连了起来，她也把画拿给所有的人看。

"在有些地方，水流突然冲出一些坑洼，又在喀斯特层里冲出一些地道，形成了所谓的地洞、深井和大漏斗。米、茜和柯尔克就是掉进了这样的一个地洞。这些地洞、深井和大漏斗，无形之中成了捕捉蛤蟆、兔子、蛇和别的野兽的陷阱。地洞的壁是黏土的，很陡，非常滑。它们一滑下去，就爬不出来了，最终困死在那里。"

"这样说的话，那还是一只狼呀！"茜惊叫起来，"那双眼睛放着绿光，多可怕呀！多凶恶呀！它为什么没有扑到我们身上来呢？"

"也许，因为它是一只狐狸。"安德不动声色地说，"老住户瓦尼亚特卡讲的故事太深入人心了，所以，沃甫克同学的解释……其实……不是很符合实际。比方说，瓦尼亚特卡在信里说，并不是'深碗'卡拉波日亚'支配'像我们的深渊湖那样的'碟子'的来水和去水；用诺甫戈罗德人的话来说，深渊湖和其他喀斯特质湖，是'被管辖的'。和物理实验室的连通器相比，喀斯特质湖通道的排水能力要差得多。喀斯特质湖的水位，之所以变化那么大，是因为连接的石灰质管道中地下水的水位变化大。"

"原来是这样！"萨嘉忍不住说。

"是的,"安德接着说,"我还要告诉大家,我们这一地区,从来也没有那么大的喀斯特质的地下通道和漏斗形地洞,里面绝不可能接连掉下去四个少年哥伦布学会会员。狐狸是进不去的,蛤蟆倒能进得去。"

"没那事儿!"沃甫克怒气冲冲地说,"你干脆说,我们没掉到什么地方过,你们也没从那儿把我们救出来吧!"

"救出来过,"安德说,"根据我的调查,这条地道是像我们一样的年轻人挖的,而根本不是什么水鬼挖的。吉雅科维希村的一群小伙子,在密林里找到一条很窄的地道,头都伸不进去,只能伸进肩膀以上的胳膊。小伙子们的祖先在外敌入侵的时候,将一些宝物埋藏在了地下。他们以为这里埋藏了宝藏,所以挖了个大坑。在大坑的两头,沿着喀斯特质的细小水道开掘出地道。然而,他们挖了没多久,就发现这样的寻找徒劳无益,所以,就丢弃不挖了。多年以前,坑的边缘坍塌了,成了垂直的陡坡。这就成了一个真正的陷阱,就像捕野兽的深坑。就连狐狸这样狡猾的野兽都失足掉下去了,更别说我们这些粗心大意的少年森林生物研究者了。"

"那么,现在,已经完全能够解释清楚,我们夏天遇到的那个像谜一样的可怕遭遇了。"米沉思着总结说,"我们那天夜里,是陷在'新大陆'过去的地质里了。我作为在这次奇遇中唯一受难的人，感到非常荣幸，因为，是我头一个踏上了'美洲地狱'土地。"

"瓦尼亚特卡领我们拜访了在雅姆诺叶湖边生活的老婆婆费希卡，她已经九十岁了。"拉甫说，"她记得，大概是八十年前，冬季的某一天，雅姆诺叶湖忽然不见了。那可太有意思了！她那时还是个小姑娘，提着水桶去打水，到了湖边一看，哇——水消失啦！她钻进冰窟窿探查——那里面简直是一座魔术宫殿，房顶是银色的，放着冷光，而且不断变换着颜色。一些动作灵敏的小鱼儿在下面游来游去——水洼里，或多或少还留存有一些水。就如同童话里的水晶宫一样，真是漂亮极了！"

8

第八个月

夏季工作总结

鸟类学勘察总结

现在，到了对夏天的工作进行总结的时候了，鸟类学小组的组员首先在少年哥伦布学会的集会上做了总结报告。

安德报告道："达尔·亭、莱、米、柯尔克和我，我们五个人在'新大陆'一共发现了151种羽翅家族的居民，也就是说，我们发现了151种鸟类。"

"好嘛！"海狼脱口而出，"我们发现的哺乳类动物，比鸟类少多了！"

"这并不算多，"安德接着说，"瓦·比安基[1]——科学家、俄罗斯科学院动物博物馆飞禽部主任——有一份关于诺甫戈罗德省鸟类的报道材料。那份材料中显示，诺甫戈罗德省现在共有260种鸟。这里说明一下，必须将偶然飞到我们这儿来的鸟，比方说黑雁，或者白颊鸳去掉；再将北极枭，或者颊白鸟等9种只飞到我

---

[1] 即本书作者维·比安基的父亲。

101

们这儿来过冬的鸟去掉，在夏天我们是绝对看不见这些鸟的。还有几十种从诺甫戈罗德省飞过来的候鸟，在我们小小的'新大陆'上，只能偶尔看见它们。或许，只有这样，我们才能彻底认识我们的'美洲'有羽翅的居民。我敢保证，当地的任何一个老住户都肯定想不到，在他世代居住的故乡，一共有多少种鸟，野禽场里都有哪些鸟。可是，我们进行了勘察，将所有鸟的名字都登记在名单上了。

"其中，有51种不迁徙的鸟——留鸟，就是这里土生土长的，长年住在这里的鸟。据我们统计，共有89种候鸟，春天飞到我们的'新大陆'来筑巢、孵化幼鸟，秋天又飞走了。

"在我们的统计中，有10种夏末从北方飞来的鸟。只有一种偶然飞来的鸟——'翻石鸟'，是柯尔克发现的，这是个真正的新发现。在瓦·比安基的作品《我们的鸟类》里，根本没有记载这种鸟。莱找到了红雀的巢，在这之前，大家都以为它只在诺甫戈罗德省过冬。米发现，声音的美妙赛得过横笛的斑纹小雀，也在'新大陆'筑巢。

"从前，大家以为，斑纹小雀也只飞到我们这一带来过冬，它们是为了筑巢才逐渐适应我们这里的水土，还是偶然留在这里过夏天的呢——将来我们总能够弄清楚的。碛鸟在关于诺甫戈罗德省鸟类的那份资料里，算是一种稀有的鸟。然而，如今，这种鸟在每一个合适的地方都已经筑巢了。

"在这个夏天，我们一共做了27次试验，将一种鸟的蛋换到另一种鸟的巢里去，你们已经知道了那一出乎意料的试验结果。

"我们给54只雏鸟、3只成年鸟戴上了脚环。那3只成年鸟是偶然捉到的。

"我们在当地把32只雏鸟哺育大了，并将其中的3只带回来饲养：一只椋鸟，一只渡鸟，一只莫斯科山雀。会后，我们可以展示一下饲养结果。

"我们进行的所有工作，都详细地记在了勘察队的一本日记里，其中，有些观察结果特别有趣。"

大家对安德的报告进行了讨论，然后，海狼做了总结。

兽类学勘察总结

沃甫克说："我们的动物学勘察小组登记的名单，可没有这么长。我们一个夏天，只记下31种哺乳类动物。其中有些并没有亲眼看见，只是听到别人介绍，就记了下来——就像我们可敬的巴甫一样。像小不点儿伶鼬，美丽的、个头不大的鹿，还有可怕的歪脚熊，我们都没在'新大陆'碰到过。真是太遗憾了。"

"你还不如说'幸亏没碰到'呢！"萨嘉插嘴说，"你们手里没有枪，万一碰见熊，哎呀呀！可怎么办呀！"

大家都笑了。沃甫克接着说：

"总之，我们的哺乳类动物实在是不多，掰着手指头就能数过来。猛兽有熊和狼。狼是在战争之后出现的，战争前根本没有。有狐狸、獾、貂和黄鼠狼，只是数量不多。白鼬和伶鼬只是听人说有。从这儿路过的野兽有猞猁狲，这几年没听说过。就是这些，没有其他的了。

"以昆虫类为食的野兽有：鼹，数量有很多；刺猬，数量比较少；鼱鼩[1]，陆栖的有两种，水栖的有一种。

"有蹄类的有两种：麋鹿和麈鹿。翼手类的……唔，这种野兽只有夜晚才出来活动，关于它们，我们知道的并不多。我们捉到三只这种野兽：一只雏蝙蝠，两只蝙蝠。

"数量最多的，当然要数啮齿动物：兔子有两只——一只灰白色、一只白色。松鼠两只——一只棕色的普通松鼠、一只会滑翔飞行的鼯鼠。我们在一棵白杨树的树洞里，找到了鼯鼠的孩子，等到半个小时后，我们跑回来准备捉它们时，它们已经不见了——鼯鼠妈妈叼着它们的后脖颈，将它们转移到别的地方去了！幸运的是，在'新大陆'，看不到腮鼠和金花鼠的影子——那是非常有害的动物。

"至于普通的灰鼠，可多的是，简直和家鼠一样多。其他的还有水䶄、背上有黑条纹的野鼠、林鼠和三种田鼠。这就是我们记录的全部名单。"

"熊长什么模样？"萨嘉一本正经地问道，"有白熊吗？"

沃甫克忍不住笑了："这里没有灰熊，灰熊在北美洲多岩石的山里才有，我在曼·利德的作品里看到过。那种住在树洞里的喜马拉雅黑熊也没有。白熊也没有——北冰洋才有呢。你可以放心啦！"

---

1 一种小鼠。

"我的家乡在诺甫戈罗德。我们那儿的人说过，在森林里有时是可以碰到白熊的……"萨嘉不好意思地说。

"那不是白熊，只是毛色非常淡的一种熊，你们那儿有这样的熊。我们观察到一些很有趣的事，其中有这样一件事：在一个集体农庄女庄员家的门廊底下，住着一窝鸡貂。院子里总有公鸡、母鸡来来去去的，鸡貂却根本不碰它们。狼总是想办法跑到远一些的地方去偷羊吃，却从来不偷附近村庄的羊。所以，那个女庄员一直也不知道，她家里住着这么一窝强盗，真是做梦都想不到。"

"比比希加——良养的那只小獾，也非常有意思，很有教养，比咱们都强！嗯，等一会儿，良会亲自让它表演给你们看。"

沃甫克在发言的最后告诉大家，他在'漂浮的美洲'上找到了一个"美洲居民"，就是那块漂浮的土地上的麝鼢。

植物学勘察总结

植物勘察小组做报告时，巴甫首先做了开场白。他先"哎……哎……哎"了半天，然后是几个"这个……那个……"，弄得大伙一个劲儿朝他摆手。

"请闭上嘴巴吧！还不如结巴呢！这简直一点儿精神也没有嘛！朵来说吧！请朵说吧！"

朵热情洋溢的发言，和巴甫的结结巴巴恰好相反，她一开口就好像机关枪开火一般——大家只能时不时打断她的话，让她重新说一遍。

"在我们的'新大陆'，大树很多都不是土生土长的，"朵口若悬河地说着，就像有谁在用打字机打字，"土生土长的实在很少，比动物学小组的哺乳类动物还少——一棵、两棵，数几下就没啦。枞树、云杉、桦树——毛桦和瘤桦，黏赤杨和灰赤杨，还有欧洲山杨，成群落生长的树只有这些，其他的就没有啦。

"山梨、稠李、橡树、野苹果树、滑皮和糙皮的榆树、小白杨

107

树是单独生长的，槭树、桦树有时候会在一边凑凑热闹。柳树是最有意思的，高大的白柳、爆竹柳，还有别的柳树，生长在河边、沼泽边。这些柳树的名称千奇百怪，蔚为壮观：有苏联青冈柳、拉伯兰柳、白柳、黑柳、青灰色皮的柳树、灰皮柳、大耳柳——说老实话呀！这种柳树真的长有大耳朵！"

朵忽然停下了，因为她看到同学们都在笑。

"大耳柳，还有，花心中长着三根雄蕊的柳树，花心中长着五根雄蕊的柳树，还有叶子很特别的柳树，芽很特别的柳树……除了这些之外，还有呢——我们一共发现了20种各种各样的柳树！

"此外，'新大陆'上的灌木也多得很呐！有圆柏、鼠李、荚蒾、榛子、蔷薇、树莓、轮叶王孙草、帚石楠、熊葡萄、疣枝卫矛、红醋栗和黑醋栗、岩高兰、两种类型的忍冬、矶踯躅、水越橘……"

"等一下，等一下，等一下！"柯尔克央求她说，"哎呀！你可真说错啦！熊葡萄和水越橘不是灌木，算是浆果吧？"

"没那回事儿！"朵得意扬扬地说，"它们虽是浆果，可还算是灌木哩。还有鹿蹄草、山茱萸、风轮菜、甘苦茄等半灌木和越橘、欧洲越橘、蔓越橘、蜂斗叶等小灌木。"

柯尔克双手捂着耳朵，叫道："哎呀，哎，哎！这些天赐的东西难道全都生长在我们的'新大陆'上？"

"你如果不相信我的话，就问问巴甫。"朵有些不高兴了，"这些植物的标本，我都替他采集到了啊！"

那些植物标本，是些细茎和叶子，用白纸条粘在大张白纸上。每一张纸上，都清楚地写着植物的俄文名称和拉丁文名称。制作这些标本需要花费很多时间和心思。

巴甫是个"真正的实验室科学家"！少年哥伦布们都夸赞道。

"还有呢。"朵说，"还有从其他地方移植来的乔木和灌木，还有林荫树——从上到下充满了蜜的澳大利亚巨树。"

大家都非常感兴趣，于是又坐了下来。

"在我们的'新大陆'，有很多从其他地方移植过来的植物，就像沃甫克的麝鼫那样，从别处来的植物。"朵拿腔拿调地说着，尽力放慢自己的语速。

鸟兽培育

"比方说，马铃薯，现在是我们餐桌上的主要蔬菜，可它们却是从美洲移来的。我们的花园里的锦鸡儿、丁香、山楂、刺李、小檗、崖柏、银白杨、接骨木，有的来自南方，有的来自东方，也都是移植来的。现在，它们都习惯了这里的环境，也受得了我们这儿冷酷严寒的冬天了——长得不错！至于那棵你抬头一瞧它，帽子就往下掉的林荫树，就是巴甫在'新大陆'附近发现的，这棵来自澳大利亚的出色的巨树还有一个名字，大伙要不要听？"

"叫什么？！"大家乱哄哄地嚷起来，"快说，快说！"只有巴甫，将脸扭了过去。

"你怎么不吭声呀？"朵满面天真地问道，"难道你不觉得很有趣吗？为了弄清楚蜜蜂为什么围着林荫树转，我和几个女伴儿特意跑了13千米路。有人将含有那么多蜜的树从天边运来，并在这里培育长大，蜜蜂们真是高兴死了。是吧，巴甫？"

巴甫的眉毛拧成了疙瘩："既然你已经知道了，那就……那就痛痛快快地说吧。"

"我确实知道了。根本就没有什么富豪从澳大利亚运来什么林荫树，我看，你纯粹是无中生有。这种树，叫椴树，在这里确实不常见。然而，在俄罗斯中部，要多少有多少，简直到处都是。实验室科学家，这名字你听说过吗？这根干树枝给你，拿去做标本吧！这是土生土长的、含有很多蜜的树——椴树。就是这么一回事儿。"

"可……为……为什么……这儿的人管它叫林荫树呢？"由于意想不到，这回，巴甫真的结巴起来了。

"因为这儿的人没认出来，这是森林里的椴树，才叫它林荫树；这儿只有小叶椴树，而就是小叶椴树，此地也不多见；以前的庄园主们将椴树栽在庄园林荫道的两旁。对于农民来说，'林荫道'是个新词汇。以讹传讹，他们就给这种树取了林荫树这个名字。"朵解释道。

"妙极了！"达尔·亭说，"这个发现，即使不能算作植物学的，也应该算作语言学的。北方的诺甫戈罗德人给椴树这样一种普通的树，取了个非常美的土名字！"

后来，莱、米和良都让她们饲养的鸟兽给大家进行表演。

小渡鸟是莱一手训练出来的，它一面挨个儿给每个人行礼，一面进行自我介绍："卡尔·克拉奇·克洛克！"

111

大家可以随意地抚摸它的头，你一摸，它就惬意地将眼睑合起来，好像很享受的样子，莱说："它是在抛媚眼呢！"

浅黑色的莫斯科山雀是米抚养大的，它在编辑部屋里乱飞，一会儿飞到书柜上，查看每一条缝隙；一会儿落在窗台上；有时候，用小爪子将紧挨天花板处翘起了边的壁纸抓牢，在那儿站着，用闪电般的小眼睛瞅着大家。

不过，只要米轻轻吹一声口哨，模仿山雀的歌声"奇-唔"，然后，手心朝上把手一伸，山雀就会立刻飞过来，落在她的手指上。

良很有耐心，她将一只黄褐色的小椋鸟（它的名字叫库克）养大了，还有小獾比比希加。大家都非常喜欢她的这两个学生。

良将它们放在一只两面都钉有铁纱的木箱上。她把木箱放在地上，先将库克放了出来。小獾蜷作一团，就像个小毛球儿。"比比希加！比比希加！"良轻声细气地叫它，它才将头抬起来。

良说："它最近变成了一个瞌睡虫，可能是到了要冬眠的时候了。"

"喂，比比希加，小宝贝！"她对小獾说，"把你的小碗儿送过来给我。"

小胖獾懒洋洋的，非常不情愿地站起身，叼起木箱里的一只小碗，从笼子里走了出来。

良十分亲昵地说："喂，作揖，作揖！"

比比希加本来已经把小碗放在了地上，这时，又将它重新叼起来，然后举起两只前爪，两条后腿立起来，和小狗听见主人"作揖"的命令时一样。

良趁比比希加叼着小碗，捏碎她带来的几个小白面包，和一些炒熟的油菜一起放在碗里，然后接过小碗，放在地板上，吹了声口哨，正在书柜上跳跳蹦蹦的库克被叫了过来。

库克落在碗边上，丝毫不害怕正在进食的小獾。它一歪小脑袋，"笃"——用嘴啄起一小块面包。

良忽然大声地说："库克！你应该说什么呀？"

"请——呀！"樫鸟忽然张口说起人话来了，发音很准确，只是带一点儿哨声。大家都大吃一惊。

良解释道："樫鸟也属乌鸦科，乌鸦、樫鸟、松鸦、白嘴鸦、喜鹊——这些鸟都很机灵。白头翁也机灵。我认识一个住在普列哈诺夫大街上的夫人，她养了两只白头翁。一只叫萨沙，已经9岁了，个儿很小，黑黑的毛色。这辈子，它学会了说42句话。真是个天才的鸟儿！

"它的女主人说，很少有这样聪明的鸟。另外一只小白头翁只有3岁，叫米沙，跟人就不怎么亲近。萨沙呢，有时会用小眼睛牢牢地盯住女主人，好像马上就要用小嘴啄一下她的嘴唇似的！它很用功，从不随随便便乱发白头翁的哨音，可不像米沙那样。有些话，它是自己学会的。在小朋友去的时候，女主人常对他们说："轻点！轻点！"忽然间，笼子里的萨莎也对他们说："轻点！轻点！"我的库克呢，我反反复复跟它说了很多次"请呀！请呀！"它才学会。"

黑乌鸦被孩子们逼着进行了很多次自我介绍；令人愉快的樫鸟也被逼着说了许多次"请呀！请呀！"少年哥伦布们都要求莱和良再多教给它们几句话。

9

第九个月

来自异域的"新野兽"

来自远东的“新野兽”

10月，良和沃甫克在学会的例会上做了个报告，报告的标题是“我们这儿的‘新野兽’”。

沃甫克开始说：“现代的老居民、老住户们常常弄得很难为情。不久前，发生过这样一件事。一位老爷爷是当地的老住户，在这儿还叫圣彼得堡省时，他就搬到这里来了。那时，老爷爷以打猎为生，我们省里都有哪些野兽，他是非常清楚的。一天，老爷爷坐在土墙边晒太阳。

“突然，一群小孩子从树林里吵吵嚷嚷地跑了出来。

“‘老爷爷！’他们喊着，‘我们逮住一只野兽，请你看看吧！’

“他们给他看那只小野兽，是他从没见过的，杂色的毛皮，尖尖的嘴巴，还长着胡须。

“老爷爷看了看，说：‘这是一只小狗呀，也不知是谁家的小狗。你们去问问看，问问别墅里的人，这种小狗是谁家养的，帮它找到主人吧！’

"孩子们赌咒发誓地说，他们是在树林里找到这只小狗的，在树根底下的一个洞里。那里面还有很多这样的小狗，有十几只呢，只是都跑掉了。它不是小狗，是野的呢！

"老爷爷有些生气了，他说：怎么着，我连野兽都不认识吗？要这样说的话，一定是从谁家逃出来的一只母狗，在树林里下了窝狗崽子——就是这么回事儿！既然不是小獾，不是小狐狸，也不是小狼，那就是只小狗。我们这儿是从来也没有过野狗的。'

"老爷爷说的对：正是'从来也没有过'，现在却有了。原先，在俄罗斯遥远的边疆地区——远东，距离我们这儿10000千米的乌苏里地区，就有野狗出没。这是一种经济价值很高的小毛皮兽，和美洲的浣熊长得很像。它的名字也叫浣熊狗，又叫乌苏里浣熊。1929年，狩猎学家做了一个试验，将20只这种狗从东边移到西边来繁殖，试验成功了：小兽适应了新的生活环境。

"因此，在1934年就开始对乌苏里浣熊进行大批量的迁移——现在，这种野兽在俄罗斯的七十多个地区都有了，而且都生活得非常好。光线明亮的树林里、灌木间、茂盛的草里、芦苇丛里都有它们的家。一对浣熊狗每年最多能下15只小浣熊狗。冬天，在气候特别寒冷的地方，它们会钻到洞里去冬眠。这种野兽如今出没在各地，在这些地方都允许捕猎它。

"这种小兽能吃掉许多老鼠、野鼠和其他有害的啮齿类动物，毛皮还可用来制作皮大衣，所以，是一种于人类大有益的野兽。但它们也有一个缺点：只要找到松鸡、鹧鸪或野鸭的巢，就非得破坏掉它们不可！所以，浣熊狗也不讨猎人们的喜欢……

"我刚才讲了那个老爷爷的事儿。后来，有件事闹得他更不好意思了。

"老爷爷知道，那些我们这儿自古以来就有的野兽，正在大地上渐渐灭绝。就比如，野牛在俄罗斯被消灭尽了一样，不过，还有新的野兽被从其他地方迁来，这可是他没有想到的事儿——孩子们从小黑河边上跑来，又说起一种从未见过的野兽。

"孩子们说，这种野兽长得像肥壮的狗，棕色的毛皮，尾巴像皮革，很宽，就像一把铲子！它们的尾巴在水里一甩，那声音远在一里外都能听见！这样的一对野兽，在树林里的小河岸边给自己做了个巢，住了下来。

"那巢的房顶硬邦邦的，像个坚固的小丘，从外头根本挖不开，大门位于水底下。它们就是在里面生下了小兽，如今，全家一起出动。它们自己在树林里锯树，用牙把树锯成一段段的，再把那一段段的树干、树枝拖到河中，把小河里的水拦起来——造一道堤！嗨！简直是顶呱呱的建筑师嘛！"

这下，老爷爷实在是听不下去了。

"他说：'孩子们，怎么，你们在给我讲神话故事吗？你们以为我老糊涂了吗？你们以为我什么也不懂，不知道我们这儿在沙皇高洛赫时代就有过这种野兽——符拉基米尔·莫诺马赫王公在那个时候，沿着河边打过野牛、野猪，捉过海狸。可你们怎么着——一定要告诉我，海狸也像你们这只远东野狗一样，是迁移到我们这儿来的？'

"老爷爷不知道，海狸在俄国并未消失，总的来说，到现代为止，各处还有不到1000只保留了下来。十月革命后，我们让海狸在禁猎区里迅速繁殖，然后，将它们分移到50个地区和边区去了。"

来自南美和北美的移民

"我在深渊湖上发现的北美洲的大水鮃，也就是麝鮃，是在1929年的时候来到我们这里的。现在，它几乎在全国各地飞速地繁殖、迁徙，散播开来。政府从1937年起，就将其纳入毛皮收购计划内了。占全国全部毛皮的比例竟然高达40%！它的肉据说也很好吃，猎人们经常吃。

"还有一种个儿大的美洲啮齿类动物——南美水獭——来自南美洲，它的生活方式和麝鮃一样，也是水陆两栖的，现在生活在俄罗斯的亚热带地区。它的毛皮上长有一种又长又硬的刚毛。最近几年来，我们很成功地把南美水獭迁移到了北方，现在，已经成功地迁移到了鄂木斯克省、雅洛斯拉甫斯克省和库尔干省（注：以上均为苏联时期地名）。

"在北方的高加索地区，以及南方的吉尔吉斯，那种模样滑稽，和我们的乌苏里小狗非常相像的林中小兽——浣熊，都顺利地住了下来。如果你们在树林里看见一只棕灰色野兽，小小的个儿、毛发蓬松，它捉到老鼠并不直接吃，而是先叼到小河边，放在清水里洗刷个干净再吃，吃饱后就爬上树，钻进树洞里去睡觉——你们就能知道，这就是真正的美国浣熊。它在吃一块肉之前，总要把那块肉先浸在水里洗干净。

"还有一种眯缝着眼睛的小兽，尾巴正中扁扁的，鼻子既长又灵活，非常滑稽。近几年，你在平静的小河边或者旧河床边，都可能碰上它。当这种大鼻兽狼吞虎咽着蜗牛和马蛭的时候，会把长鼻子东甩一下，西甩一下，当你看见这场景时，一定会笑得肚子痛。这种小兽，本来几乎被人消灭干净了，但是，人们把濒临灭绝的它们抢救了下来——现在，正在让它休生养息中，这种小兽的名字叫麝鼠。

"克里木地区，以前从来没有灰鼠，树林里生长坚果和球果的树却有很多。于是，人们就把西伯利亚灰鼠移去了那儿。它们在那儿靠坚果、针叶树种子、橡实、野果和蘑菇为生，住得很自在。

"西伯利亚呢，从前没有灰白兔。现在，请看吧——不仅在西伯利亚西部可以看到，而且，在西伯利亚东部的克拉斯诺亚尔斯克省、克麦罗沃省、伊尔库茨克省等地都可以看到。"

"不过，不能只想衣食这两件事呀！'美'的问题也得想想。"

"沃甫克，等等！"良忽然打断了他的话，"还是让我来讲这个题目吧！

迁移物种的幻想和计划

"你们看见过梅花鹿吗？在远东地区就有，那才叫美呢！梅花鹿的眼睛就像拉法埃利画的圣母玛利亚一样，耳朵像两朵花，细腿像雕塑般，毛皮上像是布满了日光的斑点。公鹿的头上，还生有两只美丽的犄角，枝枝丫丫的！唉，你们说美不美吧？

"这种美丽的动物，在遥远的海边几乎被猎杀得灭绝了，如今，它们被运到我们的禁猎区来了。在我们的禁猎区里，不仅禁止猎杀它们，而且还保护它们，不让它们受到狼——它们的主要敌人——的迫害。不久前，为了美化环境，一批梅花鹿被运到莫斯科附近的树林和公园里。不管它们在什么地方，都在生活和繁殖着。多么了不起！"

全体少年哥伦布学会会员的心里都认为，这是一件了不起的事。后来，他们就开始思考，等到他们大学毕业，成为真正的科学家的时候，他们还可以把一些什么野兽移来，让哪些野兽在俄罗斯住下来。

123

安德想把一种特别好的野兽——海龙，也就是堪察加种海狸，从科曼多尔群岛移过来。现在，全世界的海龙只剩下几十只了，它们生活在麦德内依岛和洛帕特卡角。海龙靠吃海胆为生，而在白海里，海胆要多少有多少——它们从海里探出半个身子，抱着正在吃奶的幼崽，飘飘荡荡地哄孩子玩——这幅画面多美好啊！

女孩子们想在我们这一带饲养美丽的非洲羚羊，这是她们的一致决定；女画家茜发誓要让长颈鹿习惯我们这里的水土。

柯尔克一言不发，在拼命地动脑筋想着什么。有人叫他，把他吓了一跳，他才开口说：

"我将来要去南极，把企鹅移到我们的北极地区来。"

他这出人意料的发言，让大家捧腹大笑。

"企鹅是鸟类，这你是知道的。但是我们现在谈的是野兽的事儿。"

柯尔克臊得满脸通红，他恼羞成怒，连珠炮似的说：

"是鸟类又怎么了！比什么野兽都强哩！小企鹅不会飞，又像长了一身毛似的。我们的北冰洋里为什么不饲养企鹅呢？企鹅一定不会水土不服的！也该开始让鸟类习惯新环境，想想鸟类的事了。"

确实是该这样做了，少年哥伦布们都表示同意，觉得有必要进行一下试验，把企鹅移到俄罗斯的北方岛屿上来。

会议进行到这里，告一段落。

10

第十个月

吉特的入会报告

林中的运动家

吉特是鼎鼎大名的"森林事务与森林谎话"监测专家，他请求加入少年哥伦布学会。大家请他做入会报告，题目自选。

他的报告是这样的：

"世界上所有小孩子玩的游戏都是一样的。一个是抓人，还有一个是捉迷藏！还有'抢房子'游戏：一个在小山上站着，保护着自己的房子；一个从底下冲上去，想撞倒他。如果将他撞倒了，就可以占他的位置。小鹿、小羊什么的也特别爱玩这个游戏，所有的小兽和小鸟都爱玩抓人和捉迷藏。"

"嗯，林中游戏确实是这样的，"少年哥伦布们表示同意，"那么什么是'林中运动'呢？"

"唔，运动，它们也要运动的，"吉特说，"只是，它们的运动呀，怎么说好呢……恰恰和我们的相反。我们运动就好像是玩一样——竞赛是假的，主要是为了健康，野兽的竞赛可不是闹着玩儿，有时甚至是你死我活的。

127

　　"百米赛跑。比如说，在林中的一大块空地上，集合了各式各样的迅捷的野兽，突然，一只野兽高喊一声'猎人！'——然后是一声枪响。

　　"兔子连跑带窜———一口气就是100米！头一个跑进了树林，后腿都跑到前腿的前头去了。这一下，就将赛跑的世界纪录打破了！"

跳高比赛

"再比如说跳高。这项运动的冠军，真是让人意想不到，你们猜是谁？是麋鹿！它可算是大体重的选手了。在它住的那片树林四周，围着一道栅栏，有2.15米高。这个大块头，走到离栅栏几步远的地方，几乎连跑都没跑，一个腾跃就过去了，轻快得像只小鸟似的。要知道，这只'小鸟'的体重有407.255千克。

"还有跳雪。树林中的有些野鸡，在雪堆底下过夜。这方面的行家要数松鸡了。白天，雄松鸡和雌松鸡蹲在高高的桦树上，吃桦树的柔荑花序。太阳一落山，它们立刻一只跟一只地从树枝上翻下来，钻进深深的雪堆里。它们躲在雪洞里面，既暖和又舒服。另一方面，当它们钻进雪里的时候，撞出来一个窟窿，后边下的雪就将它们的踪迹遮盖起来。你们想想看，怎么从这样的隐蔽处将它们找出来！"

障碍物滑雪

"障碍物滑雪。雪兔被狐狸从小山顶上灌木下的洞里撵出来，它第一个滑到了小山脚下。雪兔是有名的'山地逃跑专家'，这大家都知道：因为它的后腿比前腿长得多，所以，它在山里跑起来时，那叫一个方便。它为了摆脱狐狸的追赶，拼命往山下跑。在陡峭的山坡上，它一次次跳过树桩，一个跟斗翻过灌木丛，就这样，一个跟斗，又一个跟斗，就翻到了小山脚下……这时，它已经像个大雪球了。这个雪球到了坡底下，就跳起来将身上的雪抖落，然后，钻进密林消失不见了。

"跳水。你们肯定会问：'怎么跳水呢？现在是冬天，江河溪流和湖泊里的水都冻成了厚厚的冰，被雪覆盖了起来。'我要问问你们：'有冰窟窿呢？还有些底下有温泉，所以，还有不封冻的水面呢。'

"一只与白头翁个头差不多的鸟，正唱着快乐的歌儿在冰上蹦蹦跳跳；忽然间，扑通！头朝下钻进了冰窟窿。现在，它用歪歪斜斜的脚爪钩住满是砾石的河底，在水底下一溜烟地跑。浑身上下就像穿了一件银衫似的——这是它吐出来的气泡在跟着它流动。

"它一边跑，一边用嘴将一块小石子掀开，然后，把一只水里的小甲虫从石子底下叼出来，然后扑腾着翅膀，飞到冰层之下，然后，从另一个冰窟窿里飞了出来！

"这是水雀，又叫河鸟，俄罗斯有名的跳冰水冠军。就是现在，在我们这儿，比如，在托克索夫，在奥列结日等地，都可以看到它。"

空中杂技演员

"空中杂技家，松鼠，这种身轻体巧、动作优美的大尾巴小野兽，对这项运动非常精通。它们在绿色的枝叶天篷顶下表演的节目，让人看了眼花缭乱。这些节目包括：

"头冲上沿着树干螺旋式迅速向上爬；

"头冲下沿着树干螺旋式迅速向下爬；

"在帐篷顶下，从一根坚硬的粗枝跳到另一根粗枝上；

"在帐篷顶下，从一根摇晃的树枝梢跳到另一根树枝梢上；

"将富有弹力的树枝当成跳板往下跳；

"在空中翻跟斗，这连演员自己可能都意料不到。

"所以，在世界各地的阔叶树林和针叶树林里，松鼠被公认为空中杂技冠军。

"地下赛跑。鼹鼠是这项运动唯一的功勋运动员。在这方面，鼩鼱可远远赶不上它。鼹鼠的前脚朝外撇，掌心向外撑。在奔跑时，它用长着尖爪的前脚扒开自己前面的泥土，速度和人在地面上行走的速度不相上下。

"跳伞。鼯鼠，这种灰色的会飞的松鼠，可谓'跳伞专家'。它自己身上的薄膜就是降落伞，在它前脚和后脚之间张开，上面长有一层短短的软毛。

"鼯鼠爬上树梢，然后四只脚突然一齐蹬踏树枝，再伸直四只小脚爪，将它的小降落伞张开，就飞起来了。在空中飞了大约25米后，降落在林中空地另一头的矮树枝上。

"猎人蹬着滑雪板沿野猪群的足迹滑行。俄罗斯的野猪在十月革命前，几乎已经消失殆尽了，现在又大批繁殖了起来，这是因为受到了捕猎规则的保护。现在，在圣彼得堡附近好像都有野猪出没了。

"我刚才说，有一个猎人顺着野猪群的脚印向前滑行，脚印从田野通向树林。猎人特意穿着白色衣服，以免在冰天雪地的树林里被鸟兽发现。可是，他刚刚走到树林边，树上的一只喜鹊就看见他了。

"喜鹊大叫起来：''喳，喳，喳！喳，喳，喳！有人来啦！枪，枪，枪！喳，喳，喳！'

"在树林中的空地上，一小群被美味的橡实填饱了肚子的野猪，正安安稳稳地在大橡树下的雪堆里睡觉。喜鹊那惊慌失措的叫声它们自然是没有听见。

"但林中长着淡蓝色翅膀的鸟儿——松鸦，却听到了喜鹊的叫声。它放开喉咙，跟着喜鹊刺耳地叫了起来：'哇，哇，哇！快跑呀！'一边叫，一边慌忙飞到密林里去了。

"密林里，樫鸟，这种黄褐色的小林鸦又跟着松鸦叫了起来：'克依，克依，克依，克依！'它们有它们自己的调子，那叫声难听，偏偏又叫得特别响，正在一棵大云杉顶上打瞌睡的黑老鸦吓得差点儿掉下来，立刻跟着樫鸟叫了起来。

"它老气横秋地叫道：'克尔洛克！克尔洛克！了不得啊！'

"它的叫声还没停，橡树下的一只小茬雀就用尖细的刺耳喉音叫了起来：'特尔……逃啊……'

"它正好是在躺在雪地里睡大觉的野猪耳边叫。

"野猪们'呼噜'一声跳起身，撒腿就跑，一直冲过了灌木丛！猎人离得老远就已经听到了这一阵噼里啪啦的叫声，他恨恨地啐了一口唾沫，将滑雪板掉了个方向，回家去了。

"但凡树林里有这种接力叫，你是不可能神不知鬼不觉地走到野兽跟前去的！"

非同寻常的睡觉比赛

还有一些不平凡的竞赛。

"树林里的睡觉爱好者们,宣布了独特的竞赛规则:

睡觉规则:

1. 想在哪儿睡,就在哪儿睡;想怎么睡,就怎么睡。唯一的条件是,中途不能醒。谁如果睁开眼睛,从洞里爬了出来,哪怕只有一分钟,也立刻会被认定为比赛结束了。

2. 对做梦这件事不限制:想做梦,就做;不想做梦,就安安静静地睡。

3. 所有参与比赛的"瞌睡虫"们,都要在初雪(不融化的雪)降临的前一天开始入睡。

(注:为了将通往野兽小路的足迹掩盖,必须在下雪前进入洞穴。林中的野兽能毫无差错地感觉到冬季的来临。)

4. 春天越长,树林里的生活就越悠闲舒适。所以,谁觉睡得最多,谁就算获胜。

参加竞赛的动物们，包括：

1．熊。它睡在洞里。它的洞就在交叉着倒在地上的两棵大云杉树下，可以说是尽善尽美。

2．獾。它挖了个很深的洞，就在树林中间的一座沙丘里，洞里又干燥，又暖和。

3．蝙蝠。在萨布林卡河的高岸上遗留着人们废弃的深洞，蝙蝠用后脚的利爪抓住洞顶，再用翅膀将自己裹起来，就像披着一件斗篷似的，就这么头朝下脚朝上睡着了。可能它觉得用这种姿势睡觉最方便。

4．小野鼠。它用草做了一个巢，就在杜松上，离地面约1.5米高的地方。它进入后，用一小束干苔藓把入口堵上了。

"这四个瞌睡虫，都是在秋季最后一天，也就是冬季第一次下大雪前进入冬眠的。

"小野鼠是第一个违反赛睡规则的。

"它睡了一两个星期，在梦里觉得非常饿……最终被饿醒了。它将堵着入口的干苔藓轻轻推开，小心地探出头，看到附近没人，便偷偷溜了出来。它还有一个巢，也在这棵杜松上，那是它的储藏室，里面储存着粮食，以备挨饿时充饥。小野鼠在储藏室里将小肚子填饱了，又小心谨慎地钻回卧房，用干苔藓堵上房门，蜷作一团再次睡着了。它很有把握，觉得没有人看见自己。它做了个甜蜜的梦，梦见自己在睡眠大赛中获得了冠军，奖品是甜死人的整整1千克糖块。

"谁知，当它再一次睁开眼睛，刚从小卧房探出头，准备再溜到小储藏室里去吃点儿东西时，看到林中鸟兽对着它哄堂大笑。

"原来，小野鼠溜到储藏室里去时，被一只小松鼠看见了。小松鼠就将这事说给喜鹊听了。如果喜鹊知道了，那可以肯定的是：森林里的每个人都会知道——这个家伙多嘴多舌，像喇叭筒一样，在整个树林里乱讲一气！

"小野鼠这个小不点儿，长时间不吃饭会受不了的！但是，那也没办法：大家都得遵守竞赛的规则。

"小野鼠被从参赛者的队伍里清除了出去。

"獾是第二个犯规的。往年，它在自己的洞里一觉就能睡到开春，可是这次呢，也不知是在洞里感觉到天气转暖，还是过冬用的脂肪储存得太少，总之，它也醒了。它一醒，就将规则忘到脑后去了，迷迷糊糊地爬出了洞。唉，这下可好啦——人家也马上认为它结束了睡眠。

"大家本来也想将熊开除的，谁让它在大冬天的，打开洞穴的小窗口，用浑浑噩噩的眼睛往外偷看呀！可是，熊却对大家说，这是它在梦里做的事儿；它那会儿还没醒呢，不到4月，它是不会出洞的，不信的话，可以去问问《森林报》编辑部。

　　"这敢情是实话。不过，最后获奖的是蝙蝠，而不是熊。它保持着竖蜻蜓一样的姿势，一觉睡到了5月。5月里，有很多带翅膀的昆虫在空中飞来飞去，它有很多食物可以吃了。"

第十一个月

"化装法庭"

盗窃球果案

在少年哥伦布学会会址的大门上，贴出一张广告，上面涂得五颜六色的：

范围宽广的化装法庭

2月2日20点30分在此地开庭公审

参加者必须持有少年哥伦布学会所发的入场券

到了规定的时间，少年哥伦布学会全体会员都到齐了；到场的还有许多《森林报》的读者，他们是被邀请来的客人。几乎所有人都化装成了各种鸟兽，穿着特制的衣服，戴着面具。旁听席上所有的空位子都坐满了。

在审判员的桌子后面，摆了三张很高的椅子——这三把椅子上暂时还没有坐人。正中间的一把椅子上贴着一张纸，上面写着"审判员"三个字。

边上的两把椅子上，贴着略小一些的纸，上面分别写着"植物学家、陪审员"和"造林学家、陪审员"。

椅子上面，靠近桌子左面的墙上，也贴着一张纸，上面写着：记录员。右边是：起诉员。记录员后面，是原告的椅子；起诉员后面，是辩护人的椅子。审判员的桌子前面，放有被告们的板凳，差不多和旁听席在一起。左右两边坐着两个戴面具的人：一个是莱卡——尖耳朵猎狗，一个是赛脱尔——红猎狗。突然，他们站起身来，喊道："起立！审判员到！"

大家全体起立。走进房间的是三位学者，他们分别坐在三把椅子上。坐在主席位子上的是审判员——生物学博士伊凡诺夫。坐在陪审员位子上的，是两个大胡子老头儿——一位是植物学家，一位是造林学家。

"黑衣人怀·任列多是原告。"审判员宣布，他说完就坐下了。

茜、拉甫和安德一脸谦恭地坐到辩护人的位子上，他们三人都没有戴面具。

此时，原告风风火火地闯进法庭，手里还捧了一大包东西：一大堆的捕兽器，有铁制的，也有木头制的。他的肩膀上挂着双筒枪，弹弓在他的兜里露出头来。他把捕兽器往地板上一撂，转过身来对审判员说："我刚从树林里回来！"

旁听者们推测，这些东西是他从树林里收集的"物证"。他把双筒枪丢在捕兽器上，就坐在了椅子上。

这时，审判员宣布：

142

"首先，审理关于控告松鼠、花啄木鸟和交喙鸟盗窃自然财产的案件。这里的自然财产指的是松树和云杉的种子基金，也就是球果。本案的原告是怀·任列多。现在，将被告带上来。"

莱卡和赛脱尔从座位上跳了起来，过了一分钟左右，三个戴着面具、穿着特制服装的被告被带了进来，他们坐在了板凳上。

这三个被告是："灰鼠"——有一根蓬松大尾巴；"啄木鸟"——戴着粉红色帽子，穿花花绿绿衣服、鲜玫瑰色的裤子；橙红色"交喙鸟"——有一张上下交叉、造型复杂的嘴。

正在这时，黑衣人猛地站起身来说："审判员、公民们！请看这三个违法者，这三个可怕的寄生虫！它们不分冬夏，盗窃人民的自然财富，数量达几吨！它们都是被我当场捉住的。它们三个里面，灰鼠用它那跟凿子一样尖利的门牙，啄木鸟用跟錾子一样坚固的嘴，交喙鸟用一种特别的工具，像技术高明的大盗用的万能钥匙，将球果从活的云杉和松树上扯下来，从球果里掏出种子，吃到肚里面去，而且对此一点儿也不感到羞耻。"

"灰鼠甚至啃光了很大的云杉球果，只剩下个柄。啄木鸟给自己设置了一个与众不同的车间，或者说加工厂，将球果放在架子上，用它随身携带的'凿子'进行加工后，将空球果扔在地上。

"交喙鸟呢，它总是将一两个鳞片掏空，吃两三粒松子，就将球果从树枝上弄掉，它的嘴和剪子一样。从道德层面来说，这更加不可饶恕：既然要吃，就把果实吃完呀！为什么浪费食物呢……这要怎么说呢？唔，肆意浪费自然财产！

　　"交喙鸟一年到头从树上往下剪球果。灰鼠和啄木鸟靠枯松树和枯云杉完全可以很好地生活，一棵树就足够它们觅食了——可是，不行！——它们专挑种子吃，这是在吃树木呀！坏东西！"

破坏树木案

"云杉林和松树林是我们宝贵的财富，这三个被告却给人们带来了巨大的损害，造成了很严重的后果！因为这个缘故，我要求判处所有的灰鼠、啄木鸟和交喙鸟极刑，把它们枪毙！"

大厅里响起了一阵低沉的、惶惶不安的低语声。

女画家茜连忙站起身，举起手，问审判员："我能讲话吗？"

审判员点点头。

茜慷慨激昂地对戴面具的人们说："公民们，这太可怕了！太可怕了！我简直不敢相信自己的耳朵。任列多刚刚都说了些什么呀？要将我们'新大陆'上的这些小土著全部枪毙？那么，往后我们还欣赏什么呢？"

"你们看看，灰鼠是多么美丽，多么可爱，它的一举一动是多么文雅！那句诗你们还记得吗？'我看见棕色小水手的大尾巴。'把这穿银灰色皮衣的小美人儿枪毙？把啄木鸟这有大翅膀、长嘴，戴黑条红帽子，穿粉红色裤子，好像从童话里钻出来的小家伙枪

145

毙？把橙红色交喙鸟这有滑稽的嘴，长得像鹦鹉似的漂亮家伙也枪毙？简直是疯了！只因为这几个可爱的漂亮家伙吃了几颗松子，就将它们枪毙——谁能说出这样的话？有谁赞成枪毙它们？”

“等一等！我有话要说！”诗人拉甫要求道。

茜坐了下来。拉甫用激动的声音朗诵道：

灰鼠、啄木鸟、交喙鸟，

都是宏伟大森林的孩子。

混淆黑白的原告，

何故控告它们？

人类在婴孩时期，

靠母亲的乳汁维生。

难道说把这些婴孩，

也统统都送上法庭？

“在爱鸟兽的人眼里，它们都是小孩子。可是在恨它们的任列多眼里，它们每一个都只是罪犯。任列多没有权利给它们判加罪名。我的话讲完了。”

黑衣人满脸讥诮地笑着，他就坐在椅子上，也不站起来就说起话来。审判员来不及拦住他。他说：

“要是只看它们长得如何可爱呀，如何漂亮呀，那当然……”

可是他刚说了半句，安德就站了起来。安德非常镇静，像一座大山一样，他说道："我要求发言。"

他向原告提了一个问题：

"请问，今年7月15日，这位少女是不是在树林里碰见了您？当时，您的手里拿着枪和捕兽器。"安德说完，用手去指一个小姑娘。

"不错！"任列多还是坐着没站起来，他轻蔑地微笑着，一板一眼地说，"她碰见了我，当时我拿着枪和捕兽器。有可能，她听见了我放枪；也有可能，她看见我正在执行公务，逮捕了现在坐在板凳上的这几个罪犯。"

但是，安德从容不迫地接着说：

"审判员、公民们！我和拉甫持同一观点，他刚才说的话非常正确。不能够因为灰鼠、啄木鸟和交喙鸟享用了森林的馈赠，就给它们强加罪名。原因非常简单，它们自己也是森林的儿女。请想想看，云杉和松树的种子每年有多少是白白丢掉的，这些种子完全浪费了——以后，它们依旧会在不适合生长的土壤里烂掉。你们了解了这种情况后，就会明白，被林中全体鸟兽吃到肚子里去的那部分种子，与之相比简直是微不足道的。

"不用说，原告是在对高尚品德进行宣传：说什么交喙鸟浪费，不把松子掏空，就将球果扔掉了。其实，应该给这个交喙鸟深深鞠一躬呢——到了冬天，在饥荒最严重的时候，我们这儿最贵重的小兽，就是那个灰鼠，全靠交喙鸟丢在地上的近乎饱满的球果生活呢！

　　"灰鼠皮是我国毛皮业的基础，每年可带来成千上万的财富呢！冬天，云杉和松树的枝上都结着冰、覆着雪，非常滑溜，灰鼠想攀到这样的树枝上去采球果可不是件容易的事。它就捡交喙鸟丢下的球果，然后随便蹲在哪个树墩上，把球果吃完。

　　"再来说说啄木鸟。我们的诗人说，应该爱动物，只有爱动物，才能公平地对它们进行裁判。我想再加一句：还要熟悉动物！的确，有一种花花绿绿的啄木鸟，有跟錾子一样坚硬的嘴，它会从树上将松果扯下来，再运到自己的树墩架子上去，用嘴把它凿开。但是，被你捉住，现在坐在这条板凳上的被告，根本不是那只花啄木鸟。

　　"这只啄木鸟没有那么硬的嘴，也从不凿球果，它是阔叶树林里的居民。那只花啄木鸟的脊背是黑的，翅膀上有白色的斑点，裤子是红的；这只啄木鸟的脊背是白的，翅膀是黑的，裤子是粉红色的。每一只啄木鸟都有很人的益处，这是其他动物无法替代的，尤其是黑脊背啄木鸟，也就是大花啄木鸟。它敲打着每一棵害病的树，就像个真正的医生在给病人听诊似的，然后用结实的嘴在坚硬的树干上凿出一条缝，掏出树缝里害虫的幼虫。请你权衡一下啄木鸟的好处和坏处，就会知道，控告它盗窃林中财富的行为是多么荒谬、可笑。"

安德给审判员行了个礼，笑眯眯地坐下了。

在安德慢条斯理地发言的时候，原告就坐立不安起来，所以安德刚一说完，原告未经审判员许可，原告就发言了。

"审判员、公民们，我向你们呼吁！不要否认亲眼所见的事情！

"这三个罪犯对最珍重的树种进行了破坏。我请求你们记住：松木可以用来造房子、造帆柱、造纸，树木世界上最富有音乐性的树就是云杉——人们用云杉木制造提琴！谁如果袒护这些罪犯，那真是太可耻了！我的话说完了。"

"现在休庭，法庭需要开会商议。"审判员边说边站了起来。

审判员和陪审员们开会的时候，大厅里乱哄哄的。有人喊："要重判！"有人说："那我们可不答应！"有人喊："这你说了可不算！这是要由专家们来决定的！"有人说："这一身黑衣的人是从什么地方来的？他是谁？"

这时候，审判员和陪审员们进来了，大厅里顿时肃静了。审判员站在那儿，宣读判决书：

"我们了解了关于控告灰鼠、啄木鸟和交嘴鸟盗窃针叶树林种子的案件，并且对原告和辩护人的意见进行了讨论，最后，生物法庭——由三位科学家组成——的议决：

"灰鼠、啄木鸟和交嘴鸟的罪名不成立，现本庭特宣布无罪，当庭释放。"

审判员宣读完判决书后就坐下了。大厅里安静了下来。

"现在，审理关于控告林鼹鼠和棕色小田鼠破坏各类树木的案件。"

原告起立，说道："审判员、公民们！这些长得很可爱的小鼠……我强调一下，长得是可爱的！"

他望望辩护人，用挑衅的口吻说，"它们是世界上最有害的啮齿类动物。夏天，它们吃植物种子，对各种树木都有危害。在做过冬准备时，它们在洞里贮藏大量的种子，在地下仓库里装满种子。这些长得很可爱的小啮齿动物破坏森林、田地，甚至人住的房子，造成了极大的灾害。这是人尽皆知的事。虽然田鼠的尾巴短，普通老鼠的尾巴长，但鼠类总归是鼠类！我们亲爱的、富有同情心的男孩子们、女孩子们，也完全没有在这里挺身而出为它们辩护的必要。它们是到处乱啃的小祸害。我向……在场所有人呼吁，请你们做见证人！"

审判员开始挨个儿叫在场穿着戏服的人的名字。

有"狐狸""鸡貂""伶鼬"……他们站起来，按顺序走到审判员的面前，每个人都说："对老鼠和田鼠我非常熟悉，我证明，它们就喜欢吃种子。"

这时候，有一个人嚷道："熊，你挤到这儿来做什么？"

"熊"非常不好意思地用脚爪将眼睛遮住，回答道："我翻木头的时候，有时一翻，会翻出来一只老鼠。我认识它……"

随后是鸟类："喜鹊""乌鸦""兀鹰"、两只小鹰，以及"鹣隼"和"茶隼""鸱鸺""鸮鹰""枭鹰""毛腿枭""小雀枭"。

原告说："那么，在场所有人中没有一个敢说，林鼹鼠和田鼠不吃种子，没给我们的森林造成非常可怕的损失。结论是明确的！我要求，采用一切方法来消灭罪犯。比如说：放置捕鼠夹子、捕鼠器、打鼠器；挖陷阱；往鼠洞里灌水；在鼠洞里放各种各样的毒药。我的话说完了！"

三个辩护人面面相觑，他们……根本没有要求他发言。

拉甫坐在自己的位子上，只有他坚决地说："对此，我持保留意见。"在场所有化装者都非常困惑，他们郁闷地保持沉默。看到这种情况，审判员和陪审员们只好宣布休庭，去开会商讨。

他们离开了很长时间也不回来。后来，好不容易回来了，坐回了原处。

"我们审理了关于控告林鼹鼠和棕色小田鼠的案件，对这两种啮齿动物损害各种树木，给森林造成难以弥补的损失的罪状进行了商讨。现在，由三位科学家组成的生物法庭进行裁决。

"根据科学家们最近的工作，我们认为，林鼹鼠和田鼠的活动对于森林，与其说是有害的，倒不如说是有益的。科学家们确定：这些啮齿动物只是大量地吃森林中野草的种子，并不吃林木的种子。在森林中，一棵孱弱的小树苗想从茂密的野草中钻出来，是不可能的。因为，只要它们从泥土里一露头，野草就会立刻让它们窒息而死。但是，上面所提到的那些啮齿动物喜欢吃野草的种子，这就使林中的野草变得比原来稀少得多。在这些啮齿动物的帮助下，各种各样新生的小树苗就可以正常生长了。假如没有这些小啮齿动物，那俄罗斯现有的所有的森林一定会在某一天全部消失。

"生物法庭议决：不认可'将林鼹鼠和田鼠彻底消灭'的判决。当庭释放林鼹鼠和棕色小田鼠，恢复它们在森林中居住的权利。

"刚才那些非常熟悉它们的鸟兽，在我们面前排成长长的一列——这还并不是熟悉它们的鸟兽的全部。通过这些鸟兽的说辞，我们相信，林鼹鼠和田鼠有无数的仇敌。有多少林鼹鼠和田鼠会被鸟兽吃掉啊！数不胜数！如果把这些对森林有益的啮齿动物消灭干净了，森林也就完了。所以，如果人类不希望把它们消灭干净，那么，这两种啮齿动物的名字就绝不应该列入被消灭者的名单。"

审判员说完行了个礼，坐下了。

接下来，灰苍鹰坐上了被告席，它是林中全体鸟兽不共戴天的敌人。

旁听席里的人在窃窃私语："……这没什么可惜的！"

真正的罪犯是谁

审判员念道：

"7月17日，公民任列多在森林中的苔藓沼泽地上，偶然惊动了一窝白鹧鸪。这时的小鹧鸪早已学会了飞，个头已经有母鹧鸪的3/4那么大了。一只苍鹰突然从森林边上飞出来，闪电般扑向小鹧鸪，小鹧鸪根本来不及飞到森林中躲避——此时原告霰弹枪的两根枪筒里也恰好都没有弹药了，他根本来不及抢救，只能眼睁睁看着苍鹰把鹧鸪抓住，带到森林里去了。

"第二天，任列多又在这片沼泽地上看到，苍鹰将两只鹧鸪和一只翅膀受伤的小松鸡抓走了。

"不过，这个凶手在初夏做的那件事，才是它所犯的最重大的罪行。那天，原告在森林里找到一窝极为弱小的松鸡，身上还长着黄澄澄的绒毛，一共有六只。松鸡妈妈正好在小松鸡身旁。遇到这种情况，松鸡妈妈往往这样做：将猎人'诱'到一边去，让它离开藏在蕨丛里面的小松鸡。母松鸡飞到地上，假装受了伤，耷拉着翅膀在地上慢慢地走，猎人用一根棍子将它轰了起来。谁知，树上正躲着一只苍鹰，它利用了母松鸡的愚蠢，看到它不能飞，就冲过去，抓住它的背，将它抓走了。这样一来，六只小松鸡就成了孤儿。"

审判员的话音刚落，任列多就站起身来，疾言厉色地说："这些都是明摆着的事情，所以我不再重复控诉了。"

三个辩护人陆续站了起来——这件事是和野禽有关的，所以，这一次，猎人柯尔克代替了安德——他们都拒绝为被告辩护。

只有柯尔克站起来说："我恳请审判员和其他公民们回想一下，关于挪威的白鹬鸪和松鸡，布图尔林对我们大家说过的话。"

审判员默默地点点头，然后和陪审员们站起身来，走出了大厅。

这次他们商议的时间比上次还要长，好不容易才回来。

审判员说："请让我告诉你们，猎人柯尔克提醒了我们什么事情。我顺便说一下：苍鹰，这种可怕的猛禽，可以说是消灭针叶林中的野禽的专家，而猎人特别珍视这些野禽，所以苍鹰被所有的猎人所憎恨。"

"猎人柯尔克鼓起勇气，在关乎被告生死的时刻提醒我们，布图尔林——我国的优秀鸟类学家，讲过的关于我们邻国挪威的白鹬鸪的事儿。

"布徒尔林告诉我们，在挪威的高地苔原上有许多白鹬鸪，当地居民将猎取这种白鹧鸪作为副业。在那一带,苍鹰是鹧鸪唯一的大敌人。在苍鹰的利爪下,有无数的鹧鸪,特别是小鹧鸪送了命。于是,那里所有的苍鹰都被挪威人打死了。可是几年过去了,随着苍鹰的消失,苍鹰牺牲品的数量也逐渐减少,走向灭亡,所以,他们不得不从俄罗斯运去了一批苍鹰。

"乍一听,你肯定会说,这是胡说八道吧?你再仔细研究一下,就会知道,这是合乎自然规律的,绝非胡说八道。

"猛禽所吃掉的鹧鸪,其体质都比较弱,或者有病。苍鹰要想捉到身强体壮、飞得快、聪明的鹧鸪,是非常不容易的。体弱多病、飞得慢、粗心的鹧鸪却很难在苍鹰爪下逃生。如果苍鹰都被消灭了,那些孱弱的、有病的鹧鸪就不会被捉走了——传染病开始在鹧鸪之间流行,它们的种群也就很快衰落下去了。有一句俗语说得好:'大海里为什么要有梭鱼,这是为了叫鲫鱼别打瞌睡。'说的也是同样的道理。

根据这个事实,由三位科学家组成的生物法庭议决:

"第一,不宣告苍鹰无罪,也不判处它死刑。

"第二,立刻监禁任列多,并且对他进行最严厉的审判,罪名是:罪大恶极地盗窃自然财富。"

把偷猎者送上被告席

真是出乎意料，案子来了个一百八十度大转弯，这让在场的人都目瞪口呆。谁也不明白，到底发生了什么事。

原告立刻利用了人们一时的心慌意乱，挪动自己高大的黑色身躯，匆匆移向出口。赛脱尔和莱卡释放了"苍鹰"后，就想扑向这个正在逃跑的人，可是，晚了一步，他大喊一声："我不是盗窃犯，你们逮捕不了我！"然后，在他们面前把门一摔，一溜烟跑掉了。

直到审判员安详的声音再次响起，大厅里的人们才清醒过来。

"公民们，不要惊慌！所有的鸟兽都被这个穿一身黑衣，戴半截黑面具的家伙给告了，其实谁的罪名也没有他的大。在我们手里，他是逃不掉的，他无处躲藏。你们注意到没有，他把他自己给告了？

"他说，在盛夏时节，7月15日那一天，他带着枪和捕兽器去了森林。实际上，这一天是禁止所有人打猎或捕捉鸟兽的；他对鸟类提出控告，说它们犯了各种各样的大罪，事实上，他自己连两种不同的花啄木鸟都分不清；他听说鼠类是'有害的'，可是没有用点儿心去了解一下，什么鼠，在哪儿，在哪种条件下是有害的。

"此外，在7月17日那一天，请注意，这一天也是禁止打猎的，他在苔藓沼泽上惊动了一窝白鹧鸪之后，他的双筒枪的两根枪筒都'恰巧'没装弹药，第二天，他将两只被猎人打伤的鹧鸪和一只翅膀受伤的小松鸡送给了苍鹰。最后，他不打自招，他试了一下用一根棍子将一只母松鸡打死，这只母松鸡就是想把他从小松鸡身旁引开的那个松鸡妈妈。

"现在，该揭发这个黑衣坏人了。先来揭发他的匿名：前面的缩写字母'怀'的意思是'坏主人翁'；'任列多'三个字倒过来，谐音就是'盗猎人'！他是我们最可憎、最可怕的敌人，是国民经济最愚蠢、最顽固的破坏者，却假装成国民经济的热心保护者。

"诗人说得对！可以把他的第一行诗描写的范围扩大一点儿，大胆地说：

啄木鸟、啮齿动物和猛禽——

都是宏伟森林的孩子。

搬弄是非的原告，

何必无故控告它们！

"森林是父亲，林中所有的动植物都是它的孩子。它们彼此之

157

间的关系极其复杂微妙。触犯了一种，就会对全体产生影响。就好像用扑克牌搭起的房子一样：你将一张扑克牌抽掉，房子立刻会失去平衡，整个坍塌。

"我们可以在对森林的爱，对森林所有孩子的爱的帮助下，了解它们复杂的生活规律，探知它们相互之间那些复杂微妙的关系。不热爱森林，就不会知道这些。偷猎者不了解森林的孩子，因为他不爱它们。他对一切都漠不关心。这和坏人比起来，更糟，更恶劣。偷猎者对森林的危害，是没有任何一种野兽能够比得上的。

"生物法庭的判词是：把偷猎者送上被告席！"

12

第十二个月

飞向未来

鸟类歌唱家

窗外，风雪肆虐，狂风尖厉地呼啸着，旋转着，将一捧捧带冰凌的雪抛洒在玻璃窗上。过路的行人将脑袋缩在竖起的大衣领里，用头巾和皮大衣将身体裹得紧紧地。

天色已近黄昏。

《森林报》编辑部的房间里明亮温暖，纤细的淡黄色小鸟正在放声歌唱。它好像正在试歌喉，先唱出几个高音符，然后突然热情而欣喜地娇柔啼啭起来，惹得全体少年哥伦布们的呼吸都急促了。

争论暂时停止了，黑发的头、淡黄色发的头，头发乱蓬蓬的头、头发梳得光溜溜的头，一齐转向窗口。一只小笼子在窗口悬挂着，声音美妙的小歌手就在那只笼子里纵声唱歌。

听起来，它好像永远也唱不完似的：从这个被俘的"小仙人"（关在铁丝监狱里的空气之女）的金喉咙里，不断地传出悦耳的颤音。小歌手一口气唱着，毫不停歇。后来，它的声音突然转为花腔，就像撒下了一串小琉璃珠子似的。接着，它突然中断了那热情的歌声，好像自己什么事儿也没有做过似的，开始用嘴梳理自己柔软的羽毛。

柯尔克本来陶醉地呆住了，这时冷不丁地清醒过来，嚷嚷道："嘿，这个家伙呀！我敢发誓，它一口气唱了五十多秒！这才叫歌儿呢！那些野鸟很少有这样的金嗓子了，也就云雀和夜莺吧？再没有啦！"

莱用手敲敲自己的脑门儿，兴奋地说："我有个主意！有个好主意！非常好的主意！让'新大陆'拥有一位歌喉美妙的新歌手！我们——少年哥伦布来做这件事！"

"去吧，去吧，去吧，去吧！"朵快人快语地说，"你以为咱们是造物主哪！鸟类和植物不同：让两种鸟杂交，是不会得到米丘林式的杂种的。有金丝鸟和黄雀的杂种，有金丝鸟和红雀的杂种，有金丝鸟和芙蓉鸟的杂种。但是，它们一般都不会留下后代，无论如何，就只有这一代，就完了！就像骡子不会留下后代一样。"

"你没听明白我刚才说的话，"莱温和地说，"我想用换蛋的办法来创造林中歌手，而不是用金丝鸟和我们此地的鸟杂交的方法。你想想看：初夏，我们往我们这儿的碛鸟、芙蓉鸟、黄雀、梅花雀、五色鸟、鹡鸰……这些小野歌手的窝里放几百个，不，几千个金丝鸟的蛋。这些野鸟会将金丝鸟孵出来，然后像喂自己的孩子一样将它们养大，然后把自己的一切生活规律都教给它们。在这里的森林里，是没有小金丝鸟的亲生父母的，所以，没有鸟来招引雏鸟，它们就会留下来，和把它们哺育大的大鸟住在一起。

"至于它们以后会怎么样，那就不清楚了。黄雀是在我们这里定居的一种鸟，它们养育大的金丝鸟会不会和它们一起留下来，在我们的'新大陆'过冬呢？鹡鸰在我们这儿还有个名字，叫'林中金丝鸟'，它们养育大的金丝鸟会不会和它们一起飞到南方去呢？碛鸟被我们少年森林生物学家们称为'红金翅雀'，它们养育大的金丝鸟会不会和它们一起飞到印度去过冬呢？要知道，这种用换蛋的方法驯化外国鸟的试验，至今还没有人做过。"

"这个想法真是大胆！"安德出神地说，"我去过科尔图希的巴甫洛夫生理研究院。杰出的鸟类学家普龙普托夫——那里的鸟类学研究所所长，他给我们讲了一些金丝鸟的事儿，还有他用金丝鸟做的一些实验。"

金丝鸟实验

"金丝鸟是南方的林中小鸟，三百多年来，它一直被人关在笼子里，早就变成了一种不能自立的笼中鸟。它不会自己筑巢，也不会自己找食物吃。它的笼子里，一年四季都有小食槽、小水槽和小洗澡盆。小食槽里装着去了糠皮的谷粒，小水槽里盛着清水。夏天，会给它挂上用绳子做的，垫了棉花和别的东西的窝，而且，它所需要垫窝的东西应有尽有。

"为了保护它那纤细娇嫩的小脚趾头，它笼子里的小树干又圆又直，而且被刨得光溜溜的。人们给它预备好了所有的东西，它只要不停地唱呀，唱呀，在这笼子里孵化雏鸟就行了。我们俄罗斯有个风俗：元旦那一天，把在笼子里娇生惯养的金丝鸟和我们这里的野鸟一起放生。金丝鸟早已不习惯再去过自由的生活，这样做自然是非常愚蠢、非常残酷的。

"普龙普托夫确立了一个目标：由于长期过笼中生活，金丝鸟已经失去了一些本能，现在要统统归还给它们。他拿掉笼里又圆又直的、光溜溜的细树干，换上普通的树枝。他不再往小食槽里放精谷粒了，而是开始将饲料撒在笼底，将燕麦、赤杨的小球果、没去皮的大麻、草籽等塞进笼子里。总而言之，取消了金丝鸟在笼中生活的一切便利条件。

"普龙普托夫是用雏鸟做的试验，所以，雏鸟从一出生起，就必须锻炼它们的小嘴、小爪子、小脚趾头。它们用各种姿势落在扭曲的树枝上，头伸向谷粒，用嘴将它们从缝里扒拉出来，剥去外皮。夏天来临时，他只是往笼子里放了一些柔软的小草、纤细的植物根茎、马鬃、棉花，给有配偶的金丝鸟提供了好的筑巢建筑材料，而没有给它们挂上用绳子编的窝。

"结果如何呢？一对对年轻的金丝鸟非常能干，它们开始在实验室里给自己筑巢，完全像野金丝鸟在它们的故乡加那利群岛上一样。由此可见，鸟类，甚至已经丧失了自由生活习惯几百辈子的鸟类，都能够很好地适应新的生活环境。而那些自由的生活习惯，可以说原本就是适合它们的。

"这样看来，我们可以假定，在我们这儿出生的，由我们这儿的红金丝鸟、林金丝鸟、金翅雀和芙蓉鸟养育大的金丝鸟，完全能够习惯'新大陆'的生活环境，变成我们这儿的永久居民。"

"是的！"柯尔克大叫道，"可是，到了夏天，我们要在树林里挂上装有最好的金丝鸟歌手的鸟笼，免得它们丧失了这种才能，

165

不会像它们的笼中亲戚那样唱歌了——让它们和笼中歌手学习，把笼中歌手所唱的歌曲牢牢记在心中吧！鸣禽是特别善于模仿的，或许我们这儿的金翅雀，也能和金丝鸟一样地唱歌呢！那么，在'新大陆'，就有一出林中大合唱要上演了！"

"同学们！"米提醒大家，"今天我们之所以聚会，是为了庆祝少年哥伦布学会成立一周年。茶点已经摆好，请入座吧！请咱们学会的会长当主席，并且发言。随便给我们讲几句话也好。"

学会会长的发言

待大家都落座后，达尔·亭说："朋友们！我们的少年哥伦布发现了自己的'美洲'，这'美洲'不论是过去，现在，还是未来，都充满了奇迹！这是多么让人高兴的事情啊！现在，你们在那里还有一些意外收获，例如，沿海岸旅行的'翻石鸟'、'美洲'动物麝䶄、含有大量蜜的'林荫树'。过去的东西，有深渊湖里的地狱洞，我们之中四个人的生命差点儿因为这个洞而失去。未来的东西，则有我们优秀的新歌手——家乡在遥远的卡那利群岛迁来的鸣禽。

"请允许我多说说我们的未来。

"你们有个主意，要在'新大陆'将金丝鸟驯化。这是个理想，也是件好事儿！只是，请你们认真一些，好好地观察、动脑筋，不要盲目行动。我们上一次聚会时——在开化装法庭的时候，法官们发现的事情给我们敲响了警钟。一个什么也不爱、什么也不懂的人，只会害人害己。破坏，损害，是非常容易的事，不需

167

要什么感情，也不需要什么知识。在愚昧无知的黑暗地狱里，潜藏着憎恨、恐惧和死亡。

"从前，森林在我们祖先的眼里是多么可怕呀！古时候，有个俗语说：'森林是魔鬼！在森林里居住，等于和阎王爷结伴。'我们的祖先认为，神秘的魔鬼和残酷的神灵住在森林里、江河湖海里、天空里，要向他们赎罪，于是给他们供献祭品，甚至拿人当祭品……为了摆脱那种愚昧的恐惧，我们的祖先常常将森林砍光。结果是害了自己：砍光森林后，一片片沙漠就出现了。

"创造美好的东西有很大的难度。古代的哲学家说过：美好的事物是难能可贵的。森林是美好的事物，我们要珍惜它。如果要对森林里的生活进行改造，就要怀着满腔的爱，还要有渊博的知识。

"比方说，你们想往我们的森林送去一位从来没有在那儿出现过的、有着美妙歌喉的小歌手。或许你们能够达到这个目的，能够在配合得天衣无缝的森林大合唱里再加进一种声音；往由扑克牌搭的小房子下面，再塞进一张扑克牌。我说：或许能够。不过，做这种事，可得精确估计，需要钟爱的心，还要打起一百二十分的精神。

"让我们这儿的鸟儿将金丝鸟从蛋里孵出来，然后喂大雏鸟，教会它们一些本领，以便在我们这个地区顺利生活。事情恐怕远没有那么简单，会出现什么样的问题谁也不知道。

"不错，普龙普托夫证明了：金丝鸟的雏鸟可以在笼子里恢复原始状态——学会用嘴从谷皮里啄出谷粒，学会筑巢。不过，在我们'新大陆'的森林里，在不仅它们就连我们都不是很熟悉的土地上，它们能不能学会给自己寻找适当食物的本领呢？这就没办法知道了。

"不知道秋天时，'新大陆'的小金丝鸟会不会为了抵抗严寒的冬天，长出温暖的羽毛来；或者，它们会不会突然恢复迁徙的本能，拥有足够的力量去完成长途旅行，飞到远处去过冬。要知道，在它们这个鸟类家族的故乡——热带，一年到头都是夏天。

"不知道，在'新大陆'生长的金丝鸟，是否能很快地恢复抵御无数敌人的本能；还是一看见老鹰，就像在笼子里的小树干上看见有危险临头时那样，蹲下来不动。

"试验是在露天地里，在大自然里进行的，所以试验的结果很难估计：每一只小移民的命运会怎样谁也不知道。所以，最好一开始先在实验室里做这个试验，哪怕规模搞得大点儿：将一个花园用铁丝网整个罩起来，在里面用许多年幼的金丝鸟来做试验。

"金丝鸟那使你们神魂颠倒的、曲调非常悠长的歌儿，是人类教养的成果，是文明的产物，你们要特别注意这一点。有这样一个笑话：美国有个百万富翁，他在英国某别墅的花园里看见一块出

奇平整、茂密的草地。富翁不住地称赞这块草地。他把园丁叫去，问：'我在自己美国的家里，怎么才能培育出这样的草地？'

"园丁回答说：'非常简单。您在我这儿买10便士的草籽，带回去种在自己家里，等长出来后经常细心地修剪，照料，这样做三百年，您家里的草地就能变得和英国的一样了。'

"三百年来，人一辈接一辈，培养、强化幼鸟的音乐才能：将它们的笼子挂在金丝鸟或别的鸟（都是唱得最好的歌手）的笼子附近。年幼的金丝鸟模仿老鸟，同时又在这艺术里加进自己的创造，所以，一代比一代唱得好。究竟哪些是遗传来的，哪些是模仿来的，哪些又是自己的创造，这问题复杂得很。不过，你们可以深信不疑，如果没有'科学'和'培养'，任何一只在森林里出生、长大、变野了的金丝鸟，都不能像我们这只小歌手这样，冬天在屋子里唱得那么好。柯尔克建议将装着金丝鸟的笼子挂在森林里，这个主意很有趣。

"在科尔徒希，田野里的云雀和树林里鹦鸟的歌声，透过窗口传到普龙普托夫的金丝鸟耳中。它摘取了它们歌声中的整个乐句，编进自己的歌曲。同时，野外的歌手通过模仿，也开始向它们笼中的朋友学习。年轻的鸟，就像猴子一样——它们生来爱模仿。

"你们要知道：关于在'新大陆'驯化金丝鸟这个问题，生活自己会来迎合你们的。当初，人们用芙蓉鸟培养出了金丝鸟，现在，芙蓉鸟的居住区早已向东、向北扩展了。芙蓉鸟从前居住在加那利群岛、非洲、地中海沿岸，在这个世纪，个别的一对对芙蓉鸟，开始飞到离我们越来越近的地方筑巢。

"芙蓉鸟在波罗的海沿岸越来越北进，它们已经落户于立陶宛、拉脱维亚，甚至爱沙尼亚；东进的芙蓉鸟，在白俄罗斯落了户。它们变成了候鸟，夏天在这里孵化雏鸟，10月里，集合成群飞去南方。我们这儿的芙蓉鸟要飞到西南方去过冬，所以可以指望，这种芙蓉鸟孵出来的金丝鸟，会跟着它们飞到西南方去过冬，春天再回来。

"像这样，我们就给故乡添了一位有着美妙歌喉的歌手。假如没有我们善意的干涉，想在我们这儿出现这种鸟，恐怕要在几百年，甚至几千年后了。

新世界的未来

"用我们诗人的话来说，我们少年哥伦布在发现新世界——永远崭新的世界。对'新大陆'进行勘察，研究它的秘密的时候，是在向美好的未来靠近。一团蒙昧无知的迷雾笼罩着'新大陆'。如我们一样的少年'哥伦布'在地球上越多，越热爱'新大陆'，越对它进行研究，将它的秘密揭开，迷雾就越是能早一天消散。对于所有的生物来说，这幸福的、阳光普照的早晨，越是能早一天来临。"

"拉甫在我们学会成立的那一天，作了一首祝诗。现在，请允许我用这首诗来结束我的发言：

哥伦布万岁！

新世界万岁！

向他致敬，致敬！

敏锐的眼睛和智慧

我们要保留到一百岁！

　　"预祝少年哥伦布学会的全体会员，在新的森林年里，在'新大陆'找到一百个新问题，发现一百个新秘密！"

　　少年哥伦布们喝掉了烫嘴的热茶，吃掉了冰嘴的棒冰，就各自回家去了，一路上都在对他们未来的研究工作和发现任务进行热烈的讨论。

附录：

"新大陆"奇闻逸事录

——在"新大陆"少年哥伦布
学会的谈心室里记下的奇闻逸事

简短的序言

有人说，生活之所以存在，是为了让人对它进行叙述说明。

我们同意这个说法。如果对我们的生活进行叙述说明，它就会悄无声息地在时间的黑暗深渊里消失，我们的后代丝毫不知情。

然而，我们却希望让他们知道，我们去"新大陆"旅行时，看见了什么，发生了什么事。或许，这能引起和我们同时代人以及后代的兴趣，而亲自出发，用敏锐的眼睛和智慧在旧的土地上寻找新大陆。

我们尽量用书面语对"新大陆"的偶然事件进行描写。要知道，这是和同时代人联系的最好方法，和后代联系的唯一方法。文献，是全人类文化的基础。

要想使所有的人都知道，生活，就需要用书面语来述说。要写，还要会写，这可是件比较难的事。因此，我们在学着写。

故事都有自己的规则，不管是用钢笔、铅笔，还是用色笔写的，我们要做的是尽力使故事合乎这些规则。

177

我们已经知道正确的描写方法：使读者读了你讲的事情仿佛亲眼所见。这个目的只有在你闭上眼睛，能看见你所描绘的事情就发生在你面前时，才能达到。

所有人都应该学会这样看，这样就可以找到进行描写的词句，也能找到进行描绘的颜色了。

要知道，一个真正的故事，也就是用钢笔、铅笔或色笔写下的文字——观察、感觉和思想——来体现的。我们就是在努力这样做，我们觉得大家都应当这样做：因为每个人都想在自己死后留下点儿什么，关于他亲眼看到的，他的感触，以及想到的办法。

至于我们的成绩如何，就不由我们来判断了。我们讨论的次数已经够多了，超过一百次了，不能再多了。

发生在沼泽中的偶然事件

莱听见树后有人在哭，她站住了。

她竖起耳朵认真地听。毋庸置疑，的确有一个人在呜呜咽咽地哭，细细地、绝望地哭。天才刚亮，一个小孩子怎么会跑到这样一个周围是密林，旁边是沼泽的地方来呢？！但是，这哀求救命的呼声，尽管模糊不清也让人明白这意味着什么，恰恰就是从沼泽那边传来的。

莱毫不犹豫地朝茂密的小云杉林冲了过去。

还没走到沼泽，云杉林忽然到了头。从丛林边上看过去，是一片广阔的平地，上面有很多草墩，生长着青草、苔藓和矮小弯曲的松树。有的地方生长着一小片一小片艳黄色的小草。有一样东西在这小片草地上动着，哨声似的细弱嗓音正是从那儿传出来的——莱觉得，这声音现在听来更像鸟叫了。

莱刚想踏上泥塘，一声低低的野兽咆哮声突然从她身旁的树后传来。莱不由自主地退回了小云杉林。咆哮声立刻停止了。

179

莱机敏地想："或许是一只小熊？母熊不希望我到小熊跟前去。可万一是个小孩子被野兽给吓着了呢？怎么办呢？"

这时，她忽然想起，她才和安德分手。安德沿小路走了，可能还没走太远。她想："我们两个人吓跑母熊，救出小孩！"

莱开始往回跑，一分钟后，已经到了小路上。她沿着小路跑了一百多步后，停了下来，深吸了一口气，大喊道："喂！安——德烈！"

与光叫"安德"比起来，这样喊要响亮得多。

"你叫唤什么？"安德的话音就在她附近，是从她头顶上传来的。

在一瞬间，莱就知道，安德是爬到一棵高高的大树上去了，树顶上有一个用树枝筑成的大巢，他想看看里面有什么。

安德一阵风似地滑下了树，和莱一起向沼泽跑去。细嗓子又在喊，只是喊声已变成哨音了。莱和安德刚走到泥塘边，马上就传来一阵可怕的咆哮，好像有一只大野兽想将人吓跑。

莱和安德一人拿着一根大粗树枝，看着泥塘边颜色鲜明的小片草地，想看清上面蠕动的是什么东西。

莱忽然低声说："这是两只耳朵呀！两只长耳朵！这儿怎么会有一匹小驴儿呢？"

"我知道了！"安德大声说，"这是一只小麋鹿。它掉进泥塘的水洼里了，吓唬我们的是母麋鹿。走！它不会把我们怎么样的。"

真的，当他们向那拼命尖叫的小动物身边走去时，从丛林里走出一只钩鼻子大野兽，没有犄角。不过，它只是不停地发出吼声、咆哮声，却不敢向他们走过来。真的是一匹母麋鹿，它发出低低的声音，好像是从内脏里发出来似的。

小麋鹿的一半身子陷进了稀泥，它掉到沼泽里了。它的脑袋上有一双长耳朵和一只钩鼻子，和小驴的脑袋很像。安德使出了吃奶的劲儿，才把它拖了出来。这下，这头小麋鹿和小驴子可就一点儿也不像了：它那四条细细的腿，使它显得特别高挑。

"你这个糊涂虫！"安德搂着小麋鹿的脖子说，"肯定是离开了妈妈身边，于是就掉在泥窟窿里了。妈妈可以平平安安地从泥塘上走过去，可是你呀……如果没有莱，你就这样把命送在这儿了。快谢谢她，给她鞠个躬吧！给她鞠个躬吧！"安德把手放在小麋鹿的头上，往下按了好几次："你妈妈可没办法从泥塘里拖出你来。"

小麋鹿浑身发抖、软弱无力，莱和安德只好抬着它走。安德搂着它的脖子，莱在后面托着坚硬的小尾巴下面。很明显，它掉进泥塘里时间比较长了，因为拼命想从泥塘里爬出来，已经累得精疲力竭了。

他们将它抬到坚实的土地上，然后就放了它。他们一撒手，它立刻摇摇晃晃地倒在了苔藓上。

莱和安德走到旁边，看它接下来会怎样。

现在，母麋鹿已经不叫了，可过了很久，它也不敢走出树林，到它的孩子身边去。

但是，对人类的恐惧最终敌不过母爱，它终于走了过去，用鼻子将小麋鹿从地上拱起来，慢慢地领着它回到树林里去了。

为何狗的嗅觉失去作用

良气冲冲地喊着："波布！波布！波比克！回家去！听见了吗？喂！你这个捣乱的家伙！"

她很激动，连话都说不清楚了。昨天，她正在森林里安置捕鼠器，一只鸟扑扑扑地从她脚底下飞了出来。鸟的身子下面是个大坑，有8个带褐色斑点的蛋静静躺在坑里。现在，良领着安德来到森林里，让他看那个鸟窝。

波比克是一只很大的乡村土狗，它寸步不离地跟着良。不能让它跟着，它会破坏鸟窝的。

直到安德气哼哼地冲它大喝一声，挥手吓唬它，它才夹着尾巴跑回村庄去了。

鸟窝就在树林边不远的地方。走到离它还有几步路时，良小声说："喏，就是这儿。在栅栏旁，第五对小木柱下，耷拉着大叶子的小白杨旁边。看见了吗？"

安德专注地看了许久，好不容易才看见一只眼睛，那只眼睛

183

一动也不动。在这只眼睛的帮助下，他看见了鸟嘴，后来是鸟头，最后是整只鸟：它的羽毛和林中的地皮颜色融为一体，真令人感到惊奇。

安德轻声说："这是一只母松鸡，我们不要打扰它。你每天都到这儿来看看，等孵出小松鸡时，告诉我一声。我们知道多少天可以孵出小松鸡，就能计算出它是何时开始孵蛋的。小松鸡被孵出来以后，过多少天能学会飞，这我们也是知道的。只是，你要小心点儿，不要让任何人破坏窝。"

安德说完，就走向树林深处，消失在良的视野里。

良在原处站了几分钟，看到母松鸡那种耐心十足、富于牺牲精神孵化小松鸡的样子，她非常惊讶：要知道，那些暴露在外的蛋是母松鸡冒着生命危险用自己的身体遮盖的呀！后来，良转过身，她差点儿惊叫起来：波比克这只不听话的狗，鼻子贴着地，拼命地跑了过来，显然是想追上她。

波比克跑到林边，抬头看见良，兴高采烈地汪汪叫着，直奔她而来。

良刚想到："它是靠嗅觉找到的！它马上会嗅到松鸡的……"波比克已来到她跟前，两只前腿腾空扑在她胸上。良想抓住波比克的脖子，可是它却误认为良看见它很高兴，想跟它玩，所以往旁边一闪，转了一个圆圈儿，径直奔向松鸡。

良吓得一声也喊不出来了——距孵蛋的松鸡只有两步远的地方，波比克腾身一跃……就跃过了树篱。

波比克没有看见松鸡，也没有闻到它，所以从它头上蹿过去了。

良非常惊讶，好不容易才清醒过来。她的心怦怦乱跳，她想不明白，波比克为什么没闻见松鸡的味道呢？她跑到林边，将波比克带回村里，用绳子把它拴上了。

柯尔克做过一个简短的报告解释说，在地上做窝的野禽，平常用尾脂腺的脂肪来涂抹羽毛，在孵蛋时，它们却不会这样做，于是就隐瞒了气味。对于其他动物来说，它们就变成了"隐身鸟"。

要不然，狗啊，狼啊，狐狸啊，鸡貂啊，白鼬啊什么的，会吃掉多少孵蛋的野禽，还有它们所孵的那些躺在地上的蛋呀。

鸟类的生活真是复杂！有时候，野兽的嗅觉也会欺骗它们自己。

神秘失踪之谜案

难道说，是谁规定了让兽类学家和鸟类学家两人结伴到树林里去的吗？也没准是沃甫克恰好在树林里遇见了米——这件事，我们丝毫不知情。只听米说，他俩走到小草地的时候，沃甫克忽然拉住她的手，用可怕的声音咝咝地说："轻点！"

然后，他用手指指向一只在树间跳跃直奔丛林深处的小兽，它的样子灰不溜秋的。小兽大概没看见他们，因为它在林边最后一棵松树的高枝上停了下来，弯着腰，用后爪飞快地抓搔着自己的耳朵。这下，它将自己完全暴露在外了。

米低声问："这是什么？"

"一种松鼠。"

"夏天的松鼠是棕黄色的，你别以为我不知道！"米生气了，"你在耍我！松鼠的尾巴也不是这样的啊。"

这只小兽的尾巴确实不像松鼠的尾巴那样蓬松，不过，总的来说，它和松鼠长得很像，像冬天的松鼠——冬天的松鼠是灰色的。

沃甫克来不及回答，因为小兽已经跑到树枝的尽头，向空中一跳。它大张着四只爪子，稳稳当当地飞过草地，飞上一个高高的白杨树桩。它飞过草地的时候，高度自然要降低一些，所以，落在了最底下的那根树枝上。现在，它绕着树干，螺旋式地跑向上面。这时，米才看见，树墩上有个圆圆的黑窟窿。

这是个树洞，小兽飞快地钻进了树洞。

"我跟你说了，"沃甫克用比刚才高的嗓门说，"这是一只特别的松鼠，会飞，叫鼯鼠。你知道吗——这是个新发现！它是我们这儿少见的土著。把你的头巾给我。"

米说："我以为他高兴得疯了呢。他拉下我头上的绿色人造丝头巾，眨眼就跑到草地上去了。我吓了一跳，连忙跟过去，天知道，他一个人在这种情况下会做出什么事来！

"沃甫克爬上了高树桩。我站在底下，看见一个长有长胡子的小脑袋从树洞里伸出来，上面嵌着两只沉思的大眼睛。小圆脑袋东转转、西转转，又缩回去了。

"沃甫克爬到树洞前，用一只手、两只脚攀住树干，另外一只手把我的头巾卷成个团儿，用这个团儿将树洞堵住。然后，他匆忙溜下来，激动得上气不接下气，洋洋自得地宣布：

"'嗨，这回我们可逮住它了！就叫它待在里面吧，我们快去

187

找人。快跑！'

"我们气喘吁吁地跑回雷索沃村，可是，只有巴甫和安德在那儿。安德是偶然留在那儿的。巴甫自然不肯帮我们的忙——他自己还有很多工作呢，安德当然跟我们去了。

"我们又跑回草地。一看，树洞里还塞着我的头巾。我非常高兴，我本来还担心鼯鼠会啃穿它。

"沃甫克爬上去，我和安德留在下面。他把头巾掏出来，将从家里拿来的一只口袋堵在洞口。安德用一根粗树枝敲击树干。他们估计，小兽会被震得发昏，一定会蹿出洞，掉进口袋。

"可是，连小兽的影子都没有。

"又敲了一会儿。还是没有！于是，沃甫克就说：'我说，米，你一定带着小镜子呢，给我，我看看，它藏在哪儿，树洞深不深？'

"安德对他说：'等等！我每次到树林里来，总是随身带着有柄的小镜子。这是我的发明，用这个工具来看住在树洞里的动物，看洞里有什么。'

"他将一面安在小棍上的小圆镜递给沃甫克。

"沃甫克拿开口袋，把小镜子伸到树洞口。

"他困惑地说：'什么也没有！真是见鬼了！'他溜到了地上。

"沃甫克那副样子，活像个傻瓜，惹得安德哈哈大笑。

"'我怎么了，我……'沃甫克生起气来，'你难道知道它是怎

188

么逃走的吗？它必须推开头巾，才出得来啊！'

"'这个想法真机灵！'安德嘲笑他说。

"'那你说说！'沃甫克顶了他一句，然后气哼哼地瞪了我一眼，好像我应该为鼯鼠的失踪承担责任似的。

"'很简单，你考虑问题不周到，'安德平心静气地说，'镜子给你，你再爬到树洞旁边去看看。'

"沃甫克非常生气，啐了一口，可还是听了安德的话。

"'怎么了？'他仔细查看了一番树洞，问道，'没有别的窟窿了。我刚才就检查过树干周围了。'

"'你将小镜子翻过来朝上照照。'安德说。

"沃甫克照做了。

"'哎呀，原来是这么回事儿！'沃甫克惊讶地说，然后一下子就溜了下来，'这棵树里面整个是空的，这谁知道呢！'

"'如果不是空的，它怎么会从树洞里失踪呢？'安德说，'应该动动脑筋，认真地想一想，不要着急下结论，少年哥伦布朋友们！拉甫的诗里好像是这样说的吧——敏锐的眼睛和智慧，我们要保留到一百岁！'"

米的丝巾

葱郁的森林里，漂亮的米围着她的绿丝头巾，在羊肠小路上沉默地走着。这条头巾在鼹鼠的事情发生以后，就出名了。

不知从哪儿飞来一只灰色的大鸟。它大叫一声，冲向米，将她头上的丝巾抓起来，带到空中。结果，头巾将它缠住了。它跌到地上，一阵扑腾。丝巾打开后，它又飞了起来。丝巾挂在它的一只爪子上，后来，一头又钩住了树枝。鸟儿消失在树后，丝巾却留在了树上，高高地悬着，就像船上的一面桅头旗，被风一吹就飘扬起来。

米不知所措，她在小路上呆立着，看着自己的丝巾。丝巾挂在一棵松树上，树干光溜溜的，而且挂得特别高，女孩子根本别想爬到那上面去。

"这只鸟疯了！"米想道。

正在这时，鸟又飞了回来，还尖声地狂叫着。米双手抱头，边叫边沿着小路跑，随时防备着后脑勺被啄一下。她跑着跑着，忽然跟安德撞了个满怀，便疲惫不堪地坐到地上。灰鸟尖叫着飞走了。

米问："这是怎么回事儿？它疯了吗？"

安德不好意思地说："你知道吗，这是一只老鹰妈妈。你没看见吗？它的窝就在这儿，在小路边上。一个小时以前，我爬到树上，从窝里掏出了一只小鹰。它肯定以为你要破坏它的窝呢。"

安德把手伸进怀里，将一只小鹰从衬衣底下掏了出来。这只小鹰已经很大了，身上长出了绒毛。一双亮晶晶的、惊慌失措的黄眼睛和一张钩子似的弯嘴从绒毛里露出来。一双利爪长长的，痉挛地缩在一起。

"刚才它也飞过来扑我来着，可是被我打退了，我差一点儿用树枝打着它。哎，我说，你那条名气很大的丝巾哪儿去了？"

"它被老鹰挂在大松树上了，看，它正在那儿飘舞呢。"

"等一下！"安德顺着小路快步走去。

米躲到茂盛的云杉树枝底下，她害怕母鹰再回来。5分钟后，安德带回了头巾。可是，这成了一块什么样的碎布块呀！被撕扯得破破烂烂的。母老鹰在地上扑腾时，用爪子和嘴把它撕了个稀烂。

"臭脾气！臭老鹰！"米怒气冲冲地说，她偷偷地将一颗泪珠抹掉，"一会儿逮鼹鼠，一会儿又捉老鹰，你将头巾拿去当捉蝴蝶的网子吧！这下，它再没有其他的用处了。"

濒于消失的湖

"巴甫！你听着！"一天早晨，安德准备去树林里时说，"你总是这样萎靡不振。要是你总在家里待着，会越来越消沉。你现在已经够胖的了。我像父亲一样告诉你：多动动吧！走，咱们到费杜希诺钓鱼去。我们很久没有吃鱼了。将鱼钓回来，大家都高兴。"

"费杜希诺在哪儿呀？"

"离这儿只有大约三千米。"

"能钓到鱼吗？为了一口吃的东西，折腾十多里路！我才不干呢！我不去！"

可是，安德是个大力士，他将胖子巴甫从床上拖起来，就像从货架子上拖出一袋面粉似的。

他让巴甫站在地上，疾言厉色地对他说："穿衣服！游手好闲这些天也够了。"

一路上，安德极力想引起巴甫的兴趣，将少年哥伦布们打听到的，关于林中小湖费杜希诺的事讲给他听。

192

"以前，从这里流过的河流的旧河床形成了这个小湖。古时候的一条河干涸了，没有水再流动了。只有一些坑坑洼洼里还有水，有些水就在那里面汇集。可是，坑坑洼洼也越来越少了。于是，湖就渐渐缩小了，湖岸上长满了青草。这个湖，现在还在一年年逐渐缩小。再过几十年，整个湖里就会一片荒芜，杂草丛生，变成一个死湖。听说，现在那里面有很多鱼，简直可以一桶一桶地往上捞。"

巴甫的心被安德最后那几句话打动了。当他们来到湖边的时候，胖子的动作少有的敏捷，他立刻取出随身带去的钓鱼竿，往钓钩上装蚯蚓。

安德满意地说："好啦，我去安钓钩，你就用钓鱼竿钓吧。等回去的时候，我去看看，可能会钩住一条小梭鱼呢——这里的小梭鱼非常多。我昨天晚上在河里捉了很多……祝你好运！"安德拿着钓钩，走到他们刚才走过的那个岸上去布置。

做这件事，他用了半个多钟头的时间。等他回来的时候，巴甫已经不在那儿了。钓鱼人的两根鱼竿插在地上，钓鱼人却不见了。

"他是研究他的植物去了吧？"安德想。他将自己的钓鱼竿装好，同时用四根钓鱼竿钓起鱼来。

这儿的鱼特别容易钓：一会儿这根鱼竿钓到了鱼，一会儿那根鱼竿又钓到了鱼，安德几乎来不及往下拿。钓到的都是鲈鱼，而且只有一种，这让安德感到十分惊奇。

钓了一会儿，安德就绕着湖走起来，走一会儿就停下来，将钓钩抛到水里。就这样，他绕了半个湖，回到原地时，已经钓了十几条鱼，——只是，还是只有一种鲈鱼。巴甫没回来，不过安德当时并没有担心，他心里想着别的事呢。

他在一个小树墩上坐下，沉思起来。

他在想，即将消失的费杜希诺湖和湖里的居民——鱼类——的事。

他清清楚楚地想象出了那段变成了湖的河。这里面所有的鱼都没有办法游出这个湖，就像掉进了陷阱似的。不过，没什么可担心的，和河里的食物相比，湖里的甚至更多。

有无数小虾、昆虫和其他小生物在长满了杂草和藻类的死水里繁殖——它们都是鲤鱼、鳊鱼和其他小鱼的食物，而小鱼又是鲈鱼和梭鱼等肉食鱼的食物。

湖在一年年地缩小。肉食鱼要想捉爱好和平的小鱼来吃是越来越容易了。过了一段时间，别的鱼都被它们吃光了，只剩下鲈鱼和梭鱼。之前，安德也听说过，这个湖里只有这两种鱼，不过，不知什么原因，这个问题一直没有引起他的注意。

现在，他开始想象这些凶恶的肉食鱼的情况，它们残酷得惊人。显而易见，在这可怕的生存竞争中，最终胜利的必定是其中一种。

要么，所有的梭鱼都被鲈鱼吃光；要么，所有的鲈鱼都被梭鱼吃光。到那时，才是真正的自相残杀开始的时候：胜利者们一定会你吃我、我吃你——鲈鱼吃鲈鱼，或者梭鱼吃梭鱼。强壮的成年鱼，开始吃和自己同种的小鱼。

于是，这种肉食鱼很快就会将自己的种族消灭掉。这些念头袭入安德的脑海，他吓得打了个寒战。

在这一念之间，他听到一个刺耳的奇怪声音：一种夹杂着断断续续哨音的呼噜声，好像是一个人的脖子被人掐住了，那夹着哨音的呼噜声，就是从被掐着的脖子里冲出来的。

安德可不是胆小鬼。他连忙向声音传来的地方走去。原来是巴甫，他把手脚伸开，在灌木后自己的斗篷上躺着。他睡得非常安稳，喉咙里发出呼呼的声音，鼻子里还嘶嘶地响。

安德用手摸了摸前额和头发，像要将噩梦赶走似的，然后弯下腰，客客气气地摇了摇巴甫的肩膀。

胖子睡得迷迷糊糊的，他生气地说："啊？你干什么？"

"不干什么。"安德生硬地说，"起来。吃饭去。"

之后，无论巴甫怎样辩解，安德都不理他了。

在回去的路上，安德一个个地摘下挂在岸边灌木低枝上的钓钩。这些钓钩这次什么也没钓着。

他将最后一个钓钩摘下来时，却拖起一条足有半米长的梭鱼。

安德从水里拖出梭鱼，当场就用随身携带的小斧头把它敲晕了。

"让我拿着吧，"巴甫讨好地央求他说，"求求你！"

"那就请你帮个忙吧。"安德耸耸肩膀，冷静地说。

他们快要走到村庄的时候，巴甫说他今天没睡醒，他说，为了钓鱼，安德太早就把他叫起来了；他说，他喜欢钓鱼，不过，今天他在灌木丛里睡了一觉，把事情弄得一团糟，如果安德把这事儿讲给别人听，他会被女孩子们笑话的。

所以，他问安德，可不可以说这条梭鱼是他钓到的。

安德凝神看了他好一会儿后说："好吧！"

莱和良是那天的值日生。她们看到钓来这么多的鱼，非常高兴，马上动手收拾鱼。

巴甫假装随意地提起，梭鱼是他钓的。良大大地夸奖了他一番，莱却瞪大眼睛看看他：显然她表示怀疑。

良用刀将肥厚的梭鱼肉剖开后，惊叫起来："你们看！它肚子里竟然有这么大的一条鲈鱼！梭鱼的嘴可真大！"

可是后来，她就更惊讶了：她在鲈鱼肚子里找到了一条小梭鱼；在小梭鱼肚子里，又找到了一条小鲈鱼。

梭鱼就像俄罗斯套娃——一个套一个的空心木娃娃——一样：它肚子里装着三条鱼，一条比一条小。

晚上，在谈心室里，安德给大伙儿讲了费杜希诺湖里的悲

196

剧——现在，湖里剩下两种肉食鱼，彼此之间在进行着弱肉强食的战争；最后，胜利者会自相残杀，为了继续生存下去，会吃它们自己的子子孙孙。

巴甫说："我钓的那条一条套一条的梭鱼就是最好的见证。目前，在这个即将消失的湖里，鲈鱼和梭鱼还在互相残杀。"

安德的睫毛忽闪忽闪的，眯起眼睛看看吹牛皮的胖子，和嫣然一笑的莱交换了一下眼色，没说什么。

达尔·亭说："我也来给你们讲一件事吧。接下来我给你们讲的事，是我坐在这间谈心室里、我的工作桌前、这扇打开的窗户旁边亲眼所见的。这件事能引起人们的深思，我能保证，每一个细节都是真实的。不过，我要先告诉你们：不要期望我做任何解释，你们自己去想吧！

"我刚才已经说了：今天早晨，我坐在打开的窗前写东西。当我抬起头时，注意到了一只燕子。你们看，一对燕子在对面的房檐下筑了个巢。窝外面已经弄好了，燕子开始衔羽毛和绒毛等东西来垫窝。这些材料好像都是公燕子衔来的，母燕子待在窝里，按照它自己的心愿进行布置。不过，这个说法并不清晰，因为从外表上看，燕子是分不出公母的。其实，这和我的故事关系并不大。

"我看见公燕子，权当它是公燕子吧！衔着一片大白绒毛，用爪子钩住窝口，想将绒毛递给从窝里探出头来的母燕子。

"早晨的风很大，风把绒毛卷走，将它卷到屋顶上去了——公燕子没能把绒毛递给母燕子。

"公燕子立刻扑过去捉它。轻飘飘的绒毛在空中飘荡了两下，就被公燕子捉住了。公燕子又将它衔回窝口。

"如果鸟类有脑子的话，公燕子应该吸取它上次的失败经验，这次再把绒毛递给母燕子时，应该当心点儿。可是，它就那样将轻飘飘的绒毛往窝里一塞，快得甚至都没等母燕子伸过头来。当然，一阵大风马上又将绒毛吹跑了。

"一切又得从头来过：风一吹，绒毛就被它刮跑了。公燕子追过去，动作灵巧地边飞边捉住了它。

"这时，发生了一件事，我就是因为这件事，才将这个小故事讲给你们听的。

"公燕子这次没再将它捉到的绒毛衔回窝前去，却突然疾速向上飞起，在房顶上绕了一圈，然后又降低，掠地飞过一个水洼——这个水洼是昨夜的一场大雨留在我窗外的。有别的燕子在这水洼的边上挖出一小团一小团的湿泥，衔回去做窝了。

"公燕子的目的可不是这个。它将绒毛在水洼里蘸一下，然后衔着它展翅向母燕子飞去。

"这回，它顺利地把自己弄湿后的绒毛交给了女主人。

"这就是我要讲给你们听的故事。"

"是的！"安德沉思着说，"丹麦王子哈姆雷特说过：'朋友高拉齐奥，世界上有许多我们的圣贤连做梦都没想到过的事。'

我们伟大的巴甫洛夫研究所中，有一位著名鸟类学家曾经说过，每一只鸟，都有一般的行为（反射性的行为），除此之外，还有很多跟一般行为不太一样的个别行为。鸟类会在某个地方、某种情况下，对自己的生活经验进行判断。不这样，它们就无法生存。"

米指责他说："什么一般的行为，跟一般行为不太一样的个别行为，能不能别那么咬文嚼字？达尔·亭，您是怎么看待鸟的智慧的呢？"

达尔·亭笑眯眯地说："我不知道。"

固执的小蛤蟆

"有一种情况很是让人惊奇：完全不同的、平时在生活里几乎从未见过面的动物，有时会出人意料地建立起友谊。要知道，这可是不同类的动物！今天，我就遇到一件特别有意思的事。

"今儿早晨有多冷，你们都还记得吧？地面上还有霜冻，和气象预报所说的一样。天刚亮，我就去树林里了。到9点钟，我已经冻得受不了了，就想快点儿回家来暖和暖和。从采伐过的那块林地上走过的时候，我看见一只嘴里衔着食物的鹦鸟。

"我心想：'得盯紧它的踪迹，看它往哪儿飞。'我站在灌木后面，一动也不动。它没待多久，就向林边飞去了，但还没到林边，就钻进了白桦树墩旁的草丛。过了大约一分钟，它又飞了出来，但嘴里已经不再衔着东西。

"我心想：'啊哈！这下全明白了！'我走到树墩旁边，在那儿的地上发现了一只鸟窝。这个窝安置得非常有意思：在一朵大木耳底下，好像有一个屋顶一样。

"我弯下腰一看：嗬！真是件怪事儿！窝里有四只雏鸟，都光溜溜的没有毛，和它们在一起的，还有一只……蛤蟆！这是一只普通的咖啡色草蛙。它蹲在那里，两只眼睛瞪着我，还用身子遮住雏鸟。

"别把雏鸟压死了！我赶紧将它从窝里拿了出来，扔在草丛里。可在我对雏鸟进行仔细研究的时候，它又回来了！一跳一跳的，一直跳进窝里！

"我为雏鸟打抱不平，说：'你怎么了，疯了吗？哪有蛤蟆在鸟窝里待着！马上出去！'

"我抓起它，将它送到了远一些的地方，距离窝大约有二十多步。

"我说：'你在这儿待着吧！'然后又回到树墩前，开始画那个有着木耳屋顶的鸟窝。

"我站在那儿，在笔记本上画了大概三分钟左右，一看，小蛤蟆又来了！它非常有把握地一直朝鸟窝跳过来。一跳！两跳！就跳进窝里！等我走过去的时候，鹟鸟爸爸和鹟鸟妈妈都飞回来了，它们在周围绕着飞，叽叽喳喳地乱叫，非常惊慌。唔，我赶紧画下鸟窝，走开了。"

"蛤蟆就留在窝里啦？"良惊叫起来。

"留在窝里了，"莱说，"我这样想：鹟鸟第一次飞来喂孩子的时候，没受惊吧？显然没有，虽然小蛤蟆那时已经待在窝里了。我离开鸟窝，从远处进行观察。虽然小蛤蟆留在了窝里，可是它们立刻就不叫了。

"这样看来，惊扰了它们的，不是蛤蟆，而是我。天知道这是怎么回事。或许鹦鸟是出于同情心，把蛤蟆放进了窝里，让它在雏鸟身边暖和暖和。"

当然，这自然是莱在开玩笑。

自杀的林鼹鼠

开会时，良来晚了，她拎着一只黄脖子林鼹鼠的尾巴跑进谈心室时，一边跑，一边嚷："看啊，看啊！我找到了一只上吊的林鼹鼠！"说着，她将它举了起来。

少年哥伦布们将良团团围住，七嘴八舌地问："在哪儿？""真是可怜！怎么会这样呢？""怎么会上吊呢？""是自杀吗？你确定是自杀吗？"

"就在树林里，在杨梅山的旁边，它吊在一棵柳树的分叉当中！我看得很清楚，当然有把握！"

良都有点儿回答不过来了："它为什么跑到那儿去呢？跑到灌木上去！它用得着爬到那上面去吗？当然是饿的：看，它多瘦呀！瘦得皮包骨！"

"请给我看看，"达尔·亭要求道，"拿到这儿来。"

良把林鼹鼠放在了桌子上。

达尔·亭观察了一番这只小兽后，说："小怪物！首先，它不是瘦，它已经成了鼠干。应该说，它从春天起就挂在灌木枝上了，在那儿已经挂了两个多月了——被风吹日晒，成了鼠干了。确实，它身上没有一个伤口，也没有其他突遭横祸的痕迹。这就让人自然而然地想到自杀。实际上，林䶄鼠也确实是自杀的。"

"我都说了！"良打断了他的话，"春天，林䶄鼠闹饥荒……"

"然后怎么样呢？"莱执拗地问达尔·亭。

"什么然后呀？"达尔·亭惊讶地问。

"您不是说：'首先，它是个鼠干儿'吗！那么，然后怎么样呢？"

"啊——啊！是的！然后，林䶄鼠是不会饿得上吊的。再者，飞禽走兽，或别的什么动物，都不可能特意去自杀：自杀在地球上可以说只是人类的特权。这种意识活动，对于动物来说，实在是太复杂了。"

"但这只林䶄鼠确实是吊死的，"莱坚持说，"刚才您不也说它是自杀的么！"

"它会自杀当然是无意识的，这种现象在西伯利亚北方很常见。在那儿的山水杨树和柳树上，发现上百个上吊的林䶄鼠也不算稀奇。春天，林䶄鼠会爬到山水杨树上去吃它的芽、苞和花。在融雪天以后，灌木枝子上会结冰。林䶄鼠不大会爬树，这你们是知道的。它们经常从树枝上掉下来，如果下面有分叉，它们的头就卡在分叉里，再也拔不出来了。"

诗人拉甫低声地问道："您说，除了人类以外，世界上任何生物都不会自杀。我们都听说过这样的故事：一只白母天鹅被一个残酷无情的射手射死了，公天鹅一下子飞到天空，一头向地面撞了下来——失去了伴侣，它也不想活了。那么，该怎么解释这个故事呢？"

"你说的，是一个特别动人的传说。"达尔·亭说，"不过，专情的天鹅的举动，纯粹是人类的看法。有些鸟非常深情，公鸟特别依恋母鸟。许多鸟——尤其是天鹅——的夫妻关系，一生都不会改变。这还不算，一只鸟一旦失去伴侣，就会憔悴而死，这种事也是有的。不过，鸟类这种生物是和我们人类完全不同的——何必将我们所特有的心理强加于鸟类身上呢？

"不管是哪种动物，都不可能有意识地去自杀，对此我深信不疑。这是谬论。"

不寻常的雷雨

低空中，从那一头移来了一片黑黝黝的乌云——那边，离这约三十千米远的地方不时传来低沉的汽笛声。莫斯科－彼得堡铁路就穿过那里，乌云正慢慢涌向彼得堡。

听到第一声雷响时，我们在树林深处，等我们走到树林边时，大雨瓢泼似的下了起来。我们和村庄之间隔着一片田野，所以，跑回家去避雨是不可想象的。

米说："可惜我没带着游泳衣！这会儿，可以好好地洗个澡哩！"

雷雨的时候不能躲在云杉下，因为在树林里，高大的、有尖梢的云杉最容易被闪电击中。这是朵、莱、米、我、拉甫，还有沃甫克，我们几个人都非常明白的事情。只是，大雨点会穿过杨树、白桦和松树的枝叶，而躲在巨大的云杉下，就像待在帐篷里一样，所以我们都躲到了小路旁的一棵云杉下。

我们的头上下着大雨，没有雷声，可是可怕的事情却正在地平线上发生。那儿不时亮起一道闪电，极像用金属丝盘成的粗火

206

绳。不过，最特别的是，这些可怕的闪电是从地里往天上延伸，而不是从乌云里向地下延伸！这种奇怪的闪电我们几个人从未看见过。

我们只是沉默不语地你看着我，我看着你，感觉非常恐怖，心想："天和地难道倒了个个儿……"

闷雷在远处不时响起，好像一切最稀奇、最料想不到的事马上就会发生似的。

果然发生了。

这是从哪儿来的呢？我们谁也没有注意。反正我们几个人都是突然看到的，一个有小孩脑袋那么大的怪圆球，一闪一闪放着光，就挂在林间小路那一头的一根直溜溜的松树枝上，距离我们也就四十多步远。这个神秘的火球，白亮耀眼，完全不知道来自哪里——因此叫人感到不寒而栗。

"别动！"莱用有些可怕的低声吓唬我们说，"它会滚到我们这儿的。"我们还能跑哪儿去呢？我们都已吓得手脚不听使唤了。

可是，沃甫克忽然大声说："嗨，你们有什么好怕的？我现在就跑过去，用树枝敲它一下，你们觉得怎么样？"

不知道他是真能走到神秘的圆球跟前去呢，还是要在米面前装勇敢。反正，就在这时候，圆球的光闪得更厉害了，它忽然离开树枝，在空中慢慢悠悠地飘荡起来。

它沿着林间小路飘去，就像被烟囱抽出去了似的。我们彼此拉住手，心慌意乱地等待着——它马上会轰隆一声地爆炸吧！就像炸弹似的。我们说不定会被炸死……

谁也想不到，之后什么也没有发生。

我们眼看着圆球变暗，闪光越来越弱，最后，圆球就像融化在空中了似的，根本不知所踪了。我们又在云杉下面站了一会儿，就赶紧跑回家去了。

白白惊吓了半天，瓢泼大雨早就停了。

"不寻常的雷雨"的结尾

我们在谈心室里集合时，达尔·亭走到书架前，将一本小书抽出来。是巴尔科夫的《自然地理手册》，他大声地朗读了下面这一段：

"闪电是一种放电现象，出现在个别乌云层之间或者乌云和大地之间。

"闪电是由于微粒碰撞摩擦带电引起的。大雨点在落下的时候，由于受到空气阻力而变扁，变为较小的雨点。雨点都带正电荷，空气带负电荷。

"由于雨点持续落下，在乌云的上下部之间、不同云层之间、云层和大地之间形成一个电位差；当电位差达到一定程度后，就会发生放电现象。这种放电现象，发生的同时往往伴随着雷声。

"闪电有线形的，像条亮得耀眼的、有许多分叉的曲折线；有平的，没有一定的轮廓；还有球形的。"

"我还要告诉你们，"达尔·亭将书合上，接着说，"闪电的方向和大地与乌云之间电荷的分布有关系。有正闪电，正闪电从带正电荷的乌云向大地打过来；有负闪电，负闪电从大地向乌云打过去。这种'负闪电'很少见，少见到什么程度，我可没办法告诉你们：我有生以来还是第一次看见……

　　"至于大家看到的，那个挂在松树枝上放光的圆球，最新的物理学假定认为，这种光球是穿过气体的火花所引起的。由于火花的穿过，气体里发生了各种化学变化，空气里形成氮。你们看到的可能是球形闪电，也可能是'圣爱尔玛之火'。

　　"这个名称来自中世纪，意大利的圣爱尔玛教堂。不知为什么，这种火球常常在这座教堂的塔尖上燃烧起来，吓唬信教的人。

　　"球形闪电有时带一阵噼啪的爆裂声。既然你们看见火球消失时，只听到了细微的噼啪声，那么你们看到的肯定是'圣爱尔玛之火'。

　　"我要恭喜你们呢：这种美妙的现象不是每个人都能看到的，有些人一辈子都看不到。"

神秘的黑影

天刚蒙蒙亮，良就头一个醒了。她怕把其他的女孩子吵醒，就悄悄地跳下床来，轻轻地将窗户打开。

清新的晨光扑在她脸上，她感到呼吸非常舒畅。晨光源源涌入，就像浪涛似的，普照着整个世界。心地善良的良感觉到，阳光即将充盈整个大地，它的金光将照耀所有地方，所有的阴影都会消失，四面八方都将变得光明和灿烂。

她想起普希金的两句诗："太阳呀，万岁，黑暗呀，隐退吧！"

晨曦还没有消散，这一刹那，在她的头顶上，有一些黑影一闪而过，它们移动得很快。这也可能只是她恍恍惚惚的感觉。

她看看下面的院子，有条灰色带黑点的影子在那儿移动着：就像一条粗大的长蛇。可是，过了一会儿她就反应过来，这是一个鸡貂家庭，领头的是一只大鸡貂，后面跟着一串（三只）小鸡貂。

它们从门廊台阶底下钻出来，不紧不慢地走着。它们的毛皮是灰色的，和晨曦融为一体，用肉眼几乎分辨不出来。要不是良

211

在少年自然科学家小组里看惯了一只驯养的鸡貂，否则她是无论如何也看不出来的。

在天亮前的静寂里，一点儿动静也没有，胆小的良突然觉得，不论是在空中还是在地上，在她面前，一些没有形体的黑影正在试图逃避那迅速燃烧起来的阳光。

四只鸡貂悄无声息地穿过院子，钻到了小板棚的地板底下。

之后，过了一小会儿，太阳就从地平线上升起，将耀眼的光芒照向大好世界，于是，拂晓时看见的那些黑影都消失了。朵、莱、米和茜开始一股脑儿地穿衣起床。到喝早茶的时候，拂晓时看到的那些梦一般的幻影才又出现在良的脑海里。

"姐妹们，我要给你们讲一件事情！"良的故事说完后，判断力强的莱立刻就明白了："母鸡貂的窝可能本来就在我们门廊台阶底下，今儿早晨，它将小鸡貂带到小板棚下面去了。得请男孩子们去看看门廊台阶底下和小板棚底下。"

"我想，这个村庄里，这个鸡貂家庭不知吃掉了多少只鸡了！"女画家茜说，"奇怪，我们为什么没有听到过这儿的女主人抱怨，谴责这些强盗呢？"

这天早晨，沃甫克和柯尔克对女孩子们住的那所房子的门廊下进行了仔仔细细的检查，从那里面找到了一团烂布和绒毛，显然这就是鸡貂的窝。但是，他们在小板棚底下却没有发现一点儿鸡貂去过的痕迹。母鸡貂可能将它的孩子们带去了更远一些的地方。

他们问了女主人，女主人说，她的鸡从没丢过。只有一只鸡，是她眼看着被大猫头鹰叼去的。不过，女主人说这也怪她自己——前一天的晚上，她从鸡窝里抓出这只鸡，给它包裹受伤的腿。天都要黑了，才将它放到院子里去。这时，一只猫头鹰从村庄上面飞过时，把它抓走了。

沃甫克犹豫不决地说："现在，我要把捕兽夹子放在哪儿，来捉这几只鬼东西呢？鸡貂从不在它生养小鸡貂的地方偷鸡，这是一种正常的现象。我在书里看到过，白鹩不伤害它附近住的鸟，狼也不吃它巢穴附近的牲口。这是它们的规矩——目的可能是不让人发现它们的窝。你想，大多数人怎会想起研究这种黑夜里才出来活动的土著的生活和习性呢！平常连看见它们都很难。"

"可是，小鸟、小兽在睡觉的时候，可能还是提心吊胆的。"良说，"你看过英国科幻作家威尔斯的《时间机器》吗？拉甫，还记得吗？那个故事里讲到，有一种睡在花里的、有翅膀的小人儿，半夜里，一些可怕的怪物会从地底下钻出来捉他们。看了那个故事，我都睡不着觉了。"

"这可就难以理解了，这有什么可怕的呢！"拉甫奇怪地说，"唔，不过，你连雷雨都怕，哈哈，你可是咱们这里有名的胆小鬼。"

这样的天气预测是否可靠

征兆

从其他人那里听来的话	自己认真思考后得出的结论
牛群在晚上回栏时，如果领头儿的是浅色皮毛的牛，第二天就是晴天；领头儿的是深色皮毛的牛，第二天肯定下雨。	牛群不是气象中心。天气跟牛一点儿关系都没有。 这种预兆很愚蠢，要将其予以澄清。

依据朝霞和晚霞来预测天气

如果日落时分天空晴朗无云，没有风，多露水，远方烟雾缭绕，夕阳西下的地平线上泛着荧荧绿光，晚霞是淡黄色的、金黄色的或粉红色的，明天肯定是晴天。	一夜之间，乌云就可能将天空笼罩；通常是在日出时起风（清晨的微风），微风可能转变为暴风；太阳一出来，露水就被蒸发了，变成雨云；远方或许只是尘土弥漫；如果白天是晴天，北方天空不是在晴天之前发绿光，而往往是傍晚发绿光；下层空气关乎晚霞的颜色，而下层空气的情况，在一夜之间可能恶化。
如果日落时夕阳特别红，有的人说：第二天是晴天；有的人说：第二天要起风；有的人说：第二天要下雨。	众说纷纭——这种情况本身已说明，夕阳是红色的、绛红色的和紫红色的，可能预示着明天会有好天气、刮大风、下大雨。说得更准确一些：它什么也不预言。

如果日落时分风大起来，夕阳落进乌云里，天黑后不落露水，天空变得像酸奶油似的，月亮蒙蒙胧胧得看不到轮廓，第二天肯定会下雨。

乌云从"潮湿角落"涌来了。

一夜之间，乌云或许会消散；天亮之前，风或许会停；如果白天是阴天，晚上也可能不下露水；出现酸奶油似的卷层云，确实是要变天了的预兆，因为它们总是出现在暴风之前（参看后面）。然而，并不是每一次暴风后都紧跟雨雪天气。初升的月亮，如果蒙蒙胧胧的，像晚霞的颜色一样，也和空气的状况有关，空气的状况也可能有所好转。阴雨大多是从西南方或中部移到我们这边来的，那里是俄罗斯的"潮湿角落"。

依据植物来预测天气

三叶草白天将纤细的叶子合起来，耷拉下小脑袋。

蒲公英将它所有的绒球都合起来，所有花的气味都变得更浓——说明要下雨。

充满水分的空气里，植物会合上叶子、花瓣和其他娇嫩的部分，以此来应付过分的潮湿。水蒸气上升到一定高度后遇冷变成小水滴，这些小水滴组成了云。从云里可落下雨或冰雹来。

在阴天下雨之前，阔叶树林窸窣作响。

大树的树梢被风一吹就窸窣作响，这时下面还感觉不到有风，这有时是暴风雨的先兆。

在雷索沃村，一位集体农庄庄员家的院子里，有一个"天气预报表"，是用长云杉树枝做的，如下图。

干树枝可以当成是一种湿度计。通过气孔吸足水蒸气之后，树枝就紧绷起来，这就使得它那没有钉牢的一端翘了起来；天气干燥的时候——则下垂。

朵用小稻草棍给自己做了一个天气预报器，它是这样的一个玩意儿，如下图。

将一根小稻草棍儿的一端劈开，当空气里湿度增加的时候，草棍就合拢；在干燥的时候，就分开。朵用这个方法来预测，接下来是雨天（或许是……）或晴天。

依据动物的行为来预测天气

以下情况预示着晴天：

燕子飞得特别高，蚊子聚集成群飞舞着，就像一根大柱子似的，苍蝇在屋子里嗡嗡地叫，蜘蛛到处结网，吊在蛛丝上荡来荡去。

许许多多的蛤蟆从草丛里跳到水里。水蛭躺在水底。

燕子在飞行中捕捉昆虫为食，常在水面或陆地上空飞翔。会飞的昆虫翅膀上的娇嫩纤毛很容易吸收水分，空气中的湿度较大时，纤毛吸收了水分，翅膀就变重了，昆虫的飞行高度就降低了。天气干燥时，蚊蝇等嗡嗡地叫着，飞得很高，燕子也就跟着它们飞得更高。蜘蛛到处结网也是为了捕捉昆虫。秋天，小蜘蛛吊在蜘蛛丝上，利用干燥的微风，向各处移居。蛤蟆要让皮肤保持湿润，如果干了，它们就要跳到水里。天气好的时候，水蛭安安静静地待在水里，它们觉得那里很舒服。

以下情况预言要下雨：

蚂蚁堵上洞口，蜘蛛都躲藏起来，平常常见的小昆虫突然看不见了。

蚊蝇在陆地和水面上空飞，燕子贴近地面飞来飞去，鱼儿跳出水面，蛤蟆从水里跳到陆地上，水蛭从水里向外探头。

据我们观察，还可以说，在天气干燥时，烟囱里的烟就像柱子一般升腾上天；天气潮湿时，烟向旁边冒，或下降到地面，丝丝缕缕地飘浮在地面上。

蚂蚁感觉到空气里充满水分，就把洞口堵起来，这是为了阻止水分侵入蚂蚁窝，从而将娇弱的蛹弄湿。毛茸茸的蜘蛛为了躲避潮气，也藏到了洞里和隐蔽处。

蚊蝇和其他会飞的昆虫，翅膀吸收水分后，就飞不高了。燕子降低飞翔的高度，去捕捉翅膀变重的昆虫。鱼儿从水里跳出来捉虫吃。蛤蟆待在潮湿的草丛里很舒服。下雨时，水蛭在水外也很舒服。

我们少年哥伦布在同迷信、不正确的先兆和荒唐可笑的天气预测做斗争时，做了这样一些记录。

我们详细讨论了上面所说的那些先兆，得出这样的结论：其中大部分，都不能准确地预言明天，或更近些时候的天气，而只能证明当时的天气"好"——晴朗、干燥无风，或者"不好"——潮湿，或正在下雨、下冰雹，气温下降，风逐渐变大，云在聚拢……

燕子在近地面的空中捕虫，根本不是因为明天要下雨——而只是因为它们要吃东西，它们的食物，那些有翅膀的昆虫，都活动在低空。

水蒸气在夜里聚集成的云，可能落到地上来，也可能飘离我们进行观察的那个地方，飘向远方。那么，我们这儿第二天就根本不会下雨，相反，整天都会晴空万里、艳阳高照。

那么，根据这些是否可以得出结论：这些先兆一点儿价值也没有？

不可以，绝不可以！因为有些先兆和天气变化是相符的。

民间流传的许多谚语，依据的是百年、千年的观察，所以，在对它们进行否定前，我们应该多次核对。

要知道，我们的学者们至今还没有对这些与天气相关的谚语进行过大规模的核对。其实，可以将这项工作委托给气象站的观察者，在俄罗斯和许多其他国家，气象站像一张密网似的无处不在。

住在"轻洋"的底上

在对明日的天气进行预测时，要牢牢记住，我们是在"轻洋"的底上居住的。

现在，先谈谈这个名字的由来。

并不是因为它很轻，我们就给它取了这样一个名字。要知道，完全不是因为太平洋里的水经常是平静的，波浪小，水流非常慢，才叫它太平洋。太平洋的浪涛要是汹涌翻滚起来，可得了！

我们居住其上的"洋"，只是相对很轻。

大家都知道，1立方米普通海水重98000牛顿；那么，我们全世界"轻洋"里特殊的"水"的质量，只相当于它的1/770。不过，根据学者们的计算，我们居住的洋对地球表面的压力，大约是50300000000000000牛顿。

这样大的重力你能想象吗？！我要偷偷地告诉你们，如果你将手掌张开，它对你手掌的压力是1500牛顿——这是两个身强体壮男子的体重。重不重？真是重！

自然安排得如此巧妙，如若不然，它用和外面相等的压力从我们的体内，也对我们的手掌进行压迫的话，我们的手在这样的压力下会立刻被压成肉饼……

就因为这个原因，所以，我们居住其上的洋的"水"，轻到完全没有重力。更别说它通常是透明的了！所以，我们根本感觉不到它，于是也就忘了它了。漂浮其间，不比在海水上漂浮差呢！不过，飞翔于其中的是飞行员，而不是水手。

你们当然早就猜出来了，所谓"轻洋"，就是包围着整个地球的大气层，它里面的"轻水"就是空气。

全世界的空气海洋特别深，确切地说是特别高。仅仅它下面的那一层（用科学术语来说，就是对流层）就足足有10千米宽，密度也是最大的。住在这茫茫"空气海洋"底下的所有的人，就是被这么厚厚一层气体压迫着，从外面和里面都受着压迫。

那么，什么是天气呢？"轻洋"时常改变流向，它的涨潮和落潮，它那永无休止的运动的大小涡流就是天气。如果想预报天气，哪怕只是第二天的天气，也必须知道，现在全世界上空的情况是怎样的。哪些地方气压大，哪些地方气压小；哪些地方是晴天，哪些地方是阴天；哪些地方冷，哪些地方热；哪些地方下雨，哪些地方下雪……

这些事我们根本不知道。在世界各地有无数的气象站，然而，这种情报只发送到气象局。

我们头上的"轻洋"

　　风向和风力、空气的温度和湿度、云量等，无数各种各样的原因都和我们头上"轻洋"的状况有关。

　　如果天气只和一种因素有关的话，那事情该有多简单呀！比如说，只是跟太阳有关。太阳，是我们地球绕着它旋转和自转的起因，是地球上一切生命的主要能量来源和各种运动的原因。

　　如果是这样，那就简单了：太阳出来，照得大地暖洋洋的——我们这儿，天气晴朗，什么都非常好。而地球的另一面——满天乌云——冰雪将北冰洋的一半都封了起来。冬天，北冰洋整个都被冰雪覆盖着。另外半年，南极洲整个被冰雪覆盖着。这样，在我们这个半球上，整整一冬天都应该是冰天雪地。但事实却不是这样！

　　在初冬时分，我们这儿也会突然出现几个融雪天，程度和夏天"轻洋"从上面被太阳晒热差不多，和"轻洋"的底被地球本身烤热的程度相比要低。太阳光无拘无束地穿过透明的空气，将我们的地球晒热；太阳一落山，地球就开始很快地给空气传递热量——地球一下子好像"出汗"了——披上一滴滴的露水。

水蒸气在地球上空高一些的地方变成极小的水滴，形成雾；在更高一些的地方，形成云。

云是什么？就是地球的被子，盖在地球上，不让地球的热发散出去，是保卫地球上的人们舒适生活的哨兵。只是，这些哨兵不是很忠诚。它们被风驱来赶去的；它们自己也非常愿意回到故乡——地球。只要变得稍微重一些，它们就变成雨、霰、冰雹或者雪，重新落回地球上。

记住，时刻记住，我们是在"轻洋"的底部居住着。这个洋，比我们所有的咸水海洋都要大，而且大许多倍。

"轻洋"经常处于运动中，它没有边界，环绕着全世界。它的底，就是我们行走其上的地球，用不可思议的速度——每秒30千米，在宇宙空间里运行；它围绕着想象中的轴自转，可以说无时无刻不在"轻洋"下旋转。

这个"轻洋"的脾气不仅古怪，而且很任性。在空气清新、温暖的地方，空气轻一些——因为它是潮湿的，而且充满了水蒸气，也就是说，密度比较小一些。

"轻洋"本身，以及其中所有的小漩涡和占据广大面积的涡流的活动，都服从极其复杂的物理定律。我们自己想依据一些小小的征兆来预报第二天的天气，基本是不大可能的。

我们上面所列举的那些征兆（有些征兆人们一目了然，比如诗人所歌颂的粉红色晚霞；有些征兆只有少数细心的观察者们才能看见，例如陆地上小蜘蛛的反常举动等）之中，最值得我们注意的好像只有一个——那就是"天空好像变成了酸奶油似的"——当天空中出现色调柔和的卷层云的时候。

通常，卷层云总是走在气旋的前面，预告气旋即将到来，所以，这确实可以预测很大范围内的天气变化，甚至一段时间以后的天气变化。

气旋与反气旋

在有些人的脑海里，"气旋"就是特别大的大风，就是如同台风那样的风暴。

有些人将之与龙卷风相提并论。自然，它们都转呀转的，围着自己打转。但除此之外，二者间没有其他的共同点。

台风是一种破坏力非常大的风，在海洋里掀起巨浪，将百年大树连根拔起，将屋顶吹翻。这种风，只有在热带产生，但有时也会刮到中纬度地区。

龙卷风是一种强烈的、小范围的空气涡旋。

龙卷风在陆地上卷起尘土和各种分量轻的东西；如果龙卷风经过大海、江河和湖沼，就会卷起水和水里面的各种小生物；龙卷风经过红色的沙漠时，会将红沙尘卷起；龙卷风经过池塘时，会卷起蝌蚪、小鱼什么的。

另外一团龙卷风从天上，从云端向它伸出手——或者毋宁说，垂下一个长鼻子。两团龙卷风相对着挥舞它们的长鼻，后来就合在一起，形成一根旋转的大柱子，从天上直通到地上。整个风柱被云裹住，被云裹携着在天上驰骋，去到很远很远的地方——或许完全到达另外一个国家——在黄色的田地上降下一场带红色沙尘的雨，或者将许多蝌蚪和小鱼倾泻在人们头上。

"轻洋"玩的这些把戏，你想该怎样预测？！

不过，台风和龙卷风都是极难碰上的稀罕事件。气旋和反气旋却经常产生。

气旋是极其广阔的气流的涡旋，这股气流中心的气压比四周低。在海中，鱼儿会寻找水深的地方，而空气呢……空气则寻找压力小的地方。

空气本来老老实实地躲在唧筒里，你一压活塞，空气就会冲向唧筒出口——那里没有压力。气流到了那广阔的地方，就像陀螺似的旋转起来。我们头顶上空这样一个巨大的空气陀螺（有时大到几百千米），就是气旋。它的运动是螺旋式的，旋转方向是逆时针的。

顾名思义，反气旋，这个巨大的空气陀螺，则往相反的方向旋转，也就是往顺时针方向旋转。它中央的气压高。当空气的压力不同时，空气就会从压力较大的地方流到压力小的地方。

空气的流动形成风。这么说，如果脸朝风站立，那么气旋的中心——低压地带——一定在你背后，对吗？

地球也是个陀螺，在气旋下面以极快的速度自西向东不停地旋转着，就跟疯子一样在宇宙空间里绕着太阳旋转。

如果你的脸朝着风向站立，两手左右伸开，那你左手略向前的地方永远是低压地带，你右手略靠后的地方永远是高压地带。

在被气旋和反气旋占据着的广大空间里，刮着风向和风力各不相同的风。

气象学——就是把"轻洋"作为研究客体的学科——的风速的评定标准，见下节内容。

给风评分

微风吹拂的时候，风儿是我们的朋友。在炎热的夏天中午，如果没有一点儿风，我们就会闷热得喘不上气来。平静无风的时候，烟囱里的烟笔直地向天空升去。

如果空气以每秒不到半米的速度流动，我们就觉得一点儿风也没有——我们可以在日记里记下：0分。

微风的风速是1~1.5m/s，或60~90m/min，或3.5~5.5km/h。这是人步行的速度。刮微风的时候，烟囱里的烟柱会往旁边倾斜。我们觉得微风拂面，神清气爽，我们可以给这种微风记下：1分。

轻风的速度是2~3m/s，或120~180m/min，或7~11km/h。这大约是人跑步的速度。刮轻风的时候，树上的叶子沙沙作响，我们可以在日记里给轻风打2分。

软风的速度是4~5m/s，或14.5~18km/h。刮软风的时候，细树枝轻轻摇摆，纸折的小船在它的推动下在水面向前漂。我们给它打个3分。

气象学里，对和风是这样定义的：它扬起道路上的尘土，摇晃细树枝，激起大海里的波浪。气象学家们给它打4分。

疾风的速度是9~10m/s，或32~36km/h。这大约等于乌鸦飞行的速度。刮疾风的时候，树梢哗哗作响，枝条摇曳，大海上的浪涛翻花，蚊虫都不见了，大热天也会凉快起来。我们给这种风打5分。

大风刮起时，风儿就是在调皮捣蛋了，它把晾在绳子上的衣服扔在地上；把帽子从人的脑袋上扯下来；把排球往一边吹，让打排球的人不能好好接住，把人们闹腾得够呛；柔韧的树干在风中猛烈地摇晃。它的速度和39~43km/h的火车一样。幸亏气象学家们给风打分数用的是12分制，像我们学校里的5分制，就不够用了。我们给大风打6分。

不过，以上这些还不算什么，风儿的威力大得很呢。

强风的速度是13~15m/s，或47~54km/h。这种风往往在秋天刮。刮强风的时候，电线被吹得呜呜地响，树干被刮得弯了下去，水沫从浪峰上扬起，人在顶风走路时根本走不动。我们在日记里给它打7分。

疾强风的速度是16~18m/s，或57~64km/h。这种风能将树枝吹断，将不牢固的树木、电线杆和整片的篱笆吹倒；刮这种风时，人在走路时非常困难。给这种风打8分。

大强风的速度是19~21m/s，或68~76km/h。刮大强风的时候，房上的瓦被吹走，烟囱上的砖被吹掉，渔船被吹翻。给这种风打9分。

全强风的速度为20~25m/s，或72~90km/h。全强风把大树连根拔起，将房顶掀掉。给这种风打10分。

暴风的速度是26~29m/s，或94~104km/h。这个速度和一只信鸽高速飞行的速度相等。这种风能将人推倒，造成很大的破坏。给它评11分。

飓风，是最后一种风，它的速度和苍鹰的速度一样，30m/s，有时也可能高于这个速度。飓风能给人们的生命财产造成巨大损失。给它打12分——这是我们最后一种分数。

在南极地带刮的风，风速是60m/s，是不是很不可思议？

气旋、反气旋与天气

现在，我们接着讲气旋和反气旋的故事。

在俄罗斯的欧洲部分，叫作气旋的巨大空气陀螺的面积，通常达 800~1000 平方千米；气旋里充满风向和风力各不相同的风。它中心的气压总是比四周低，因此，各种风向的风朝四面八方乱刮，又因为地球的自转而向逆时针方向偏斜。

各种速度的风将各种云往这个方向吹送。上面已经说过，高高的卷云是气旋临近的征兆。面向风站立，确定我们的哪一面是气压低的地带，确定表面上看来仿佛不动的卷层云的出现，然后去谈心室里看一看，就可以很有把握地测定，气旋是从哪儿、用什么速度在靠近我们。

你们肯定会问："去我们的谈心室里看什么呢？"

很简单：谈心室的墙上挂着一只圆圆的气压表——晴雨计，活像个大闹钟，可是只有一根指针。如果指针顺时针方向转动，说明气压在上升；如果指针向着逆时针方向转动，说明气压在降低。

229

我们的少年森林生物学家们在去树林之前，往往会屈起手指头来轻轻敲敲晴雨表的玻璃。如果指针往左边一跳，他们就愁眉苦脸地带上防雨斗篷。如果指针往右边一跳，他们就很高兴——不会下雨！

晴雨表也被用来预测天气。在它的刻度盘上写着："暴风雨——雨雪——时阴时晴——晴——干"。不过，在日常使用它的时候，要灵活一些。

当然，如果它的指针突然向左猛跳了10度，那就准备好迎接雨、雷雨或者暴风雨吧！如果它动得剧烈，只是缓缓地向这边或那边移动，那什么时候会怎么样，就不好确定了。

气压急剧下降，说明低压带——气旋的中心——正在迅速靠近。这就是说，低而厚的乌云被风刮来，夏天会下雨或下冰雹，冬天会下雪。

气旋旋转着慢慢向前移动，就像跳华尔兹舞似的。速度通常是每小时20~40km/h，这个速度和慢车的速度相等。在俄罗斯的欧洲部分，它大多是从"湿角"——西南方——出现。

如果想精确计算出气旋到达我们所在的"轻洋"里的哪块地方是在什么时间，就必须知道它的中心现在在哪儿，还必须参考气象局从全国各地收集到的众多补充材料。

不过，气旋有时会突然在什么地方停留一下，做做客，然后又加速向前冲去。

如果是气旋来了，就别想有好天气：夏天不止会下一场雨，如果是冬天，不止会下一场雪。气旋里面是阴沉沉的。

反气旋就是另外一回事了。

晴雨表指针顺时针方向转动，说明反气旋中心——高压区——的接近。

在反气旋的中心，永远是晴空万里，太阳明晃晃的，一片宁静。乌云不会遮蔽整个天空。当反气旋在我们头上的空气海洋里掌握大权时，大多是不会长时间下雨的。

发生在云层中的战斗

想了解天气，你一定得了解云，并学会区分云。你得知道，什么样的云会带来什么东西。对天空中总的情况和风向、风力进行估计，有时，可以正确而恰如其分地预测天气。

我们上面已经说过，云是地上的水分蒸发后形成的一群小水滴——轻的水蒸气在高空中遇到冷空气。在气旋里气压低的地方，会形成云；云形成后会向上升，向气压更低的地方走。在反气旋里，即使炎热时从地面上升的水蒸气能形成云，形成的云升到天上去后，也会消散。

在气旋里，热气团和冷气团扭打在一起。冷气团密度大，那么，好像应该冷空气经常获胜，暖空气被挤到上面去吧？可是，有时候，在高压的大力压迫下，暖空气给冷空气以迎头痛击，拼命地排挤它，渐渐地取得胜利。

气象学家们将在"轻洋"里扭打在一起的热气团和冷气团的交界面，称作"界面"或"锋面"。

如果暖湿气流在进攻的时候战胜寒流，将寒流排挤走，那么那个面就叫"暖面"或"暖锋"。在这种情况下，暖气团沿冷气团向上滑升，战胜冷气团。你不妨常常抬起头，观察一下，这场战斗是怎样进行的。

当然，从一个地方是没法看到"轻洋"里的整个巨大气流的——你只能看见"云中巨人"战斗情况的一部分。

你会看到，高远的天空怎样混浊起来：先是出现高卷云，卷层云又代替了高卷云；高层云又代替了卷层云，高层云飘得那么高，雨水落下来，还没到地面就蒸发了。层积云和雨云又代替了高层云。

可是，如果是冷面在你头上，也就是冷气团起主导作用，你就会看见，天上完全是另外一种景象了。

密度大的冷气团对热气团发起进攻的时候，好像用长矛将敌人挑起似的，迅速而猛烈地扬起它那分量很轻的敌人。刮起狂风，骤雨倾盆而下。

在冷面出现的时候，你会在远处看见高层云——之后，一阵雨从积雨云里落下来，浇到你头上；雨停后，高积云先出现，卷积云紧随其后出现。冷空气渐渐从下面被烤热——被地面的温度加热，然后滚滚地升到高空。

我们的"轻洋"的运动，就是这样永无休止，在它里面，没有什么东西是直线运动的，一切马上会形成小涡旋，小涡旋又立刻旋转起来，变成大涡旋——气旋或者反气旋——在我们的头上快速地跳着华尔兹，从左向右或从右向左转。

气浪永无止休，

不知疲倦地、

冷酷无情地

在我们的头上旋转。

在空气的海洋里，

那恼人的气旋。

不等黑夜降临，

就抛降下雨点万千。

那些古老的征兆，

吉祥的征兆，

诗人所歌颂的征兆，

都不能预测它们的方向。

为了数据的准确，你得自己学会观察天气；你要学会面向风测量，低压带在我们的哪面，高压带在我们的哪面；灵活地利用晴雨表，了解云的变化。

在自己预报明天的天气时，将所看到的那些征兆放在一起比较一下，想办法尽量不要说错啊。

关于如何预测天气，就说到这里了。

探索自然的奥秘

拉甫写了一首歌颂森林中的少年森林生物学家的诗，他想用这首诗作结束语。

但是，柯尔克说："我是散文家，你是诗人。我是个冷静的现实主义者，太阳出来了，雾消散了——这时候，用肉眼能够看清森林里的一切，就是我所看见的世界。

"你是个了不起的浪漫主义者，你的诗是一个童话般神秘的、笼罩着各种奇异的雾的世界，总是洋溢着一种魅力。我们就用你的诗来结束这本书吧，不过，我要为这些诗写一些散文体裁的注解。你同意吗？"

拉甫说："好呀，你写你的散文体裁的注解吧！这只会给我们的小书增光添彩。以下，就是我写的诗：

森林里的少年哥伦布，

眼观六路耳听八方，

在他们的眼里，

没有平凡的事物，

从鸟儿到苍蝇，

都有故事和秘密。

他们躲躲藏藏，

却在观察天地。

是谁来过这里，

是谁蹲在枝头，

谁的鼻子在地上拱了个洞……

草地上留下的是谁的痕迹，

什么又吸引了他们的注意力？

小河漾起波浪，

枝叶间鸣声婉转，

树干间是谁在淘气？

仿佛有老鼠溜过，

消失在某个角落。

少年哥伦布满脑子好奇，

想得出一个好答案。

森林里的少年哥伦布，

眼观六路耳听八方。

世上没有什么是偶然的，

他的眼睛和耳朵，

在探索数不清的奥秘！

柯尔克说道："这是我用现实主义对你的诗进行的粗浅解释。"

在他们的眼里，

没有平凡的事物，

从鸟儿到苍蝇，

都有故事和秘密。

"唔，鸟儿，这是可以理解的——当然是童话故事。有时甚至要想想，这些会飞会唱的生物，为什么和我们同住在一个星球上。至于苍蝇之所以是秘密，是因为当你看见一只红色翅膀的苍蝇在灌木丛上面飞舞的时候，你不知道在那灌木后面有什么——是野兽啊，野兽尸体啊，还是别的什么。

他们躲躲藏藏，

却在观察天地。

"当然，如果学不会静静地躲在灌木后，连树枝也不碰响，学不会悄然无声地走到鸟兽跟前去，在树林里就什么也看不见。

是谁来过这里，

是谁蹲在枝头，

"如果有身体沉重的鸟兽刚才在这个地方玩耍过、打过架，或只是走过，从被压倒的草慢慢竖立起来的情形，就可以看出这件事。

谁的鼻子在地上拱了个洞……

"很简单：洞可能是獾拱的，也可能是野猪拱的。近几年，野猪繁殖得非常快，这种野兽在莫斯科、彼得堡附近都有；在诺甫戈罗德省，我们的'新大陆'也有。

草地留下的是谁的痕迹，

"这可能是野猪，也可能是我们这儿个子比较小的獐鹿。

"它们也在我们的北方森林里居住。你所指的可能是弯腿獐鹿——以前居住在古希腊森林里的牧神。

什么又吸引了他们的注意力？

"这没什么奇怪的——所有你突然发现的新事物，都在吸引你的注意力，将你的注意力从原来的东西转移开。

小河漾起波浪，

"当一个猎人看到不知哪儿来的一圈圈波纹在荡漾时，他对另一个猎人说：'翻腾呢！翻腾呢！'——那或许是一只野鸭，或许是一只水罷，也或许是一只什么其他的动物。

枝叶间鸣声婉转，

"如果叫得非常响，就跟吹响横笛一样，那可能是金莺。要不然，就是会唱歌的鸫鸟。

仿佛有老鼠溜过，

消失在某个角落。

238

　　"当太阳高高地挂在空中时，树林里到处都是影子。你去试着弄明白，那些溜过、跑过、飞过你身旁的，都是些什么东西吧！

　　消失在某个角落。

　　"当然是旁边的某个角落——它不会径直跑过你面前的。

　　少年哥伦布满脑子好奇，

　　"少年哥伦布是少年自然研究者，少年追踪者，他用智慧探寻鸡貂、白鼬……就像猎人用探棍寻找野兽一样。探棍是一种长铁棍，猎人用它往兽洞里探查，看野兽是否在巢穴中。

　　想得出一个好答案。

　　"这个世界有各种各样的思想：有的思想把事实拿来相对照，也有空想。诗人在这里所讲的，显然是那种可以带来益处的思想——了解他所观察的事物的意义。

　　世上没有什么是偶然的，

　　"这话非常正确！

　　他的眼睛和耳朵，

　　在探索数不清的奥秘！

　　"这两句，自然就是'自由的诗意'了。"